ねくろま。

平坂読

MF文庫J

口絵・本文イラスト●じろう

プロローグ

街に真っ白な粉雪が降り積もる。

音もなく、花を、木々を、路地を、屋根を、人を、優しく包み込むように。

ヘルメス王国の最北端にある田舎町、レンデア。

温暖な気候のヘルメスで、冬に雪が降る街は珍しい。

人口千人足らず、これといった産業もない町の、数少ない自慢。

とはいえ、大人達《たち》にとっては見慣れた冬景色。

寒いし、何より雪が降るとアメッチ王国からの商人が来られなくなるのが困る。

冬将軍が居座っている間は移動も食料調達も困難だから戦が起こらなくていい――というのは、ヘルメスとアメッチが戦っていた三百年も昔の話。

驚くほどに平和な今の時代、雪はただ、生活の邪魔だ。

……そんな大人の事情などこれっぽっちもお構いなく、街の広場には歓声を上げて戯《たわむ》れる二人の子供。

少年と少女。

双方ともアメッチ系の血筋らしく、黒い瞳《ひとみ》に黒い髪。

二人、頬《ほお》を林檎《りんご》みたいに真っ赤に染めて、雪玉を投げ合っている。

十歳ほどの少年は、女の子と見まごう綺麗《きれい》な顔立ち。

利発そうで、育ちの良さを感じさせる。

少女の方は少年より少し年上で、これまた可愛《かわい》らしい。

雪と比較しても劣らないほど、透き通るような白い肌。

黒いリボンで後ろを括《くく》ってある長い黒髪と相まって、どことなく儚《はかな》げな印象。

しかしその大きな瞳《ひとみ》、宿る強い光、極光《オーロラ》のような微笑《ほほえ》みが、溢《あふ》れんばかりの強い生命力を感じさせる。

……そんな少女、すごい勢いで雪玉を乱投。

作っては投げ、投げては作る。

出鱈目《でたらめ》なほどに高速。深窓の令嬢じみた容姿には不似合いな猛攻。

……ただし命中率は十発に一発当たればいいほう。

少年のほうの手数は、少女に比べ明らかに少ない。

しかし、たまに反撃。

猛攻に疲れた少女が少し休憩すべく手を止めた隙《すき》を逃さず接近、地道にストックしていた雪玉を一気に、正確に当てる。

効率的な攻撃。……こざかしいとも言う。

体力にものを言わせ手数で攻める少女と、戦術的に攻める少年。
勝負は互角といったところ。
二人の顔から笑顔は消えない。
絶え間ない歓声。
しかしやがて遊び疲れ、息を切らせて二人は雪の上に座り込む。
一時休戦。
「ソリスくん」
少女が少年の名前を呼ぶ。
少年は紅潮した顔を少女に向ける。
「明日もやりましょうね」と少女。
少年ソリス、「もちろん」と頷《うなず》く。
「明日こそは絶対に決着をつけよう」と少年。
実は昨日も同じ約束。
しかし少女は頷く。
今日と変わらぬ明日が絶対に来るのだと、疑いもなく信じている幼い約束。
「わたしが勝ったらソリスくん、おとなしくわたしのおムコさんになってくださいね」
と、少女。さらに、

「わたしが負けたらわたし、おとなしくソリスくんのおヨメさんになってあげます」

少年、頬《ほお》をさらに赤らめて、「う、うん」と頷《うなず》く。いいのかよ。

そんな、どこにでも転がっている幼い日の思い出話。

それから、数年の月日が流れ――……。

無数の大樹が鬱蒼《うっそう》と生い茂る森の中。

大気に溶けるように、声が朗々と響く。

一本の大樹の前に、魔法杖《ウイザーズロッド》を握って目を閉じる少年の姿。

「深淵《シンエン》の黒《ヤミ》に魚《サカナ》は游《オヨ》ぐ／吟《ギン》じられし逆名《サカナ》／sacrifice《イケニエ》／沈黙《セイジャク》の世界《セカイ》／黙示《モクシ》の影《カゲ》／底《ソコ》に潜む《眠る》混《あん》沌《こく》の主《アルジ》／御名《ミナ》を誰《タ》ぞ識《シ》る／皆唯平伏《ミナタダヒレフ》す／生　贄《sacrifice》は恍惚《コウコツ》し／恍惚《ヤミ》を貪《ムサボ》りながら／昏《クラ》いトコロで喰《ク》らわれる／深《クラ》いトコロに攫《クラ》われる――……」

独特のリズム、大陸公用語とも、世界中のどの国の言葉とも異なる奇妙な言語体系。

ニンゲンではないモノへと呼びかけるコトバ。

――呪文《じゅもん》詠唱。

呪文＝世界そのものに働きかける上位言語。この世界と平行して存在する異界とを接続し、超常現象――魔法を発現させるための言葉。

「――堕《オ》ちるその身《ミ》に歓喜《カンキ》の波《ナミ》を／朽《ク》ちるその身《ミ》に甘美《カンビ》の笑み《エミ》を／引《ヒ》きずり堕《オ》ろせ！」

呪文の終わりと同時に発動する、闇精霊《シエイド》のランクA《闇渦への供物《アビスゲート》》。

天を突くかのような雄々しい巨木の根元に、黒い沼のようなものが出現《どろ》。

沼から湧き出してきたどろどろした黒い塊が《ずぶずぶずぶずぶずぶずぶずぶずぶずぶずぶ》、巨木をどんどん浸食し《ずぶずぶずぶずぶずぶ》、暗黒の沼の中へ《ずぶずぶずぶずぶ》と引きずり込んでいく《ずぶずぶずぶずぶずぶ》。

……ものの三十秒ほどで大樹は完全に闇《やみ》に呑《の》まれ、消滅。

闇の沼も消え、残されたのは半径一メートルほどの穴《クレーター》。

魔法の成功を見届けた少年、踵《きびす》を返して後ろを向く。

後方で彼を見つめていたのは、教師と同じクラスの生徒達《たち》。

少年は掛けていた眼鏡をくいっと持ち上げ、

「こんなものでどうでしょう？」

高レベルの魔法を使ったというのに息も乱さず、平静な声＆余裕の表情。

「……見事だ。呪文の構成、詠唱時間、魔力の乗せ方、術の安定度、どれをとっても文句はない」

精霊魔法科の老教師が重々しく言った。

学年が上がって間もなくのこの時期に、教師が生徒の力量をある程度把握するために行われる、いわば自己紹介《エキシビジョン》のための実技試験。得意な系統の魔法を幾つか適当に即興で実演すればよく、成績には影響しない。

二年生のこの試験でランクＡの魔法を使った生徒は、長い教師生活を振り返っても数えるほどしかいなかった。

「ソリス・アレクサンドロ、満点だ」

言うまでもないといった様子で老教師が告げた瞬間、他《ほか》の生徒達《たち》からは様々な反応。

さすがソリス君／ほほう、あれが噂《うわさ》の／きゃーかっこいいー／ちっ……／彼と同じ場所で学べるとは光栄だ／あいつさえいなければ／あいつなら当然か／おーっほっほっほ、さすがわたくしのライバルですわねっ！／気に入らない……／ステキ……ぽっ。

……少年、それらの雑音を一切意に介した様子もなく、

「ありがとうございます」

当然の結果だと言わんばかりに、特に感慨もなく教師に一礼した。

†

ソリス・アレクサンドロ、十六歳。

黒い髪、黒い瞳《ひとみ》、理知的な眼差《まなざ》し、端正な相貌《そうぼう》＋センスの良い四角い眼鏡。

長い足。細身だが弱々しさは感じない、均整のとれた体躯《たいく》。

三百年前の大戦で人々の憧《あこが》れだったエリート部隊『暁騎士団』の軍服をモチーフにして作られた制服が、まるで彼のためにあつらえたかのようによく似合う。

その外見から受ける印象を裏切ることのない高い能力《スペック》。

昨年度の精霊魔法科年間主席／高等部二年生にして宮廷魔導師のスカウトに目を付けられている／三年で生徒会長のシェンファ・パラケルススと並ぶ、王立トリスメギストス魔道学院屈指の天才／今期生徒会副会長、四人いた上級生の対立候補を圧倒的大差で破る／去年の実技試験で風精霊《シルフ》のランクAと火精霊《サラマンダー》のランクAを同時発動、ぶっちぎりのトップ／筆記試験は当然のようにオールS、去年の学年末試験では全《すべ》ての科目で後半三十分は眠っていたらしい／今日の実技では闇精霊《シエイド》のランクAを披露――

……以上、石畳の道を肩で風切って颯爽《さっそう》と歩く彼を遠巻きに見つめる他の生徒達の囁《ささや》きの中から、幾つかを抜粋。

その中でももっとも端的で的確な言葉を選ぶならば――

完《かん》璧《ぺき》超《ちよう》人《じん》。

ある者はその圧倒的な才を畏《おそ》れ敬い、或《ある》いは妬《ねた》み。
ある者は彼と同じ環境で学べることを誇りに思い。
ある者は彼と同じ時代に生まれてしまったことを恨み、憎み。
ある者はその容姿に心を奪われ。
ある者は彼の全てに淡い想《おも》いを募らせる。

ソリス・アレクサンドロ——死角なしの天才《ザ・パーフェクト》。
そんな彼が歩いていると、

「ソリス先パ〜〜〜〜イっ！」


広大な学院の敷地内全域に響き渡るような——いやもちろんこれは大げさな比喩《ひゆ》だが、とにかく元気が溢《あふ》れすぎて暴走しているかのような少女の声が響く。

声が聞こえたと思ったら、軽く五十メートルは離れていた場所からソリスのところまでほんの数秒で駆け寄ってくる。石畳なのに土煙が見えそうなくらいの勢い。

ドッドッドッドッドッ！　と。

メイ・フラメル、十五歳。

王立トリスメギストス魔道学院死霊術《しりょうじゅつ》科一年。

金髪碧眼《へきがん》、ショートカット＋びろーんと飛び出した**アホ毛**。よく動く大きな瞳《ひとみ》と、それ以上に元気に動く口と身体《からだ》（と**アホ毛**）。童顔で小柄、しかし胸は「ぼんっ」、腰は「ばんっ」、という**ワガママボディ**。

ローブ——彼女の華やかな容姿にはあまり似合わない真っ黒な制服を、大胆にカット。袖《そで》の長さは通常の五分の一、裾《すそ》はほとんど腰の位置までバッサリと。それで全力疾走などすれば中身が見えてしまいそうなものだが、本人曰《いわ》く「見えないように走ってるから大丈夫ですっ！　あ、ソリス先パイになら**見せてもいいですよっ！**」だそうな。

「聞きました聞きましたよソリス先パイソリス先パイ！　先パイ今日の試験で満点だったんですよね！　いつものことながらさすがです痺《しび》れます憧《あこが》れますっ！　あ、ところで聞いてくださいい聞いてくださいソリス先パイソリス先パイ！　死霊術科《ウチ》も今日実技だったんですけど、なんとなんとなんと、わたし初めてゾンビの五体同時作成に成功したんですよっ！　いやーもう上手《うま》くいくかどうかちょっと自信なかったんですけどっ！　毎日こっそり練習してた甲斐《かい》がありましたっ！　成功したときはホントに天国にいっちゃいそうなくらい気持ちよくって、ゾンビ×5の香ばしい香りが鼻腔《びこう》をくすぐったときは、まるで**先パイの腕に抱かれているような**幸せな気持ちになったんですよーっ！」

アホ毛をぴこぴこ動かしながら、見る者を惹《ひ》きつける満面の笑顔で報告するメイ。

「そ、そうか……。ゾンビ五体同時……それはまあその、すごいな」

ソリス、頬《ほお》を引きつらせながらとりあえず褒める。

下級アンデッド《ゾンビ》とはいえ、高等部に上がったばかりの時期に五体同時作成、破格に凄《すご》いことはたしかだ。

……俺《おれ》の腕は腐った死体の臭《にお》いなのかよと、思わなくもなかった。

「きゃ――――っ！　褒められちゃった褒められちゃった褒められちゃったあっ！　ソリス先パイに褒められちゃった――――っ！　てれてってて－っ！　メイ・フラメ

ルの好感度が上がった！　しかし残念、わたしの好感度は既に最大値なのでしたっ！」

テンション高く腕と腰を振り胸を弾ませ奇怪な踊りを踊り始めるメイ。そこへもう一人少女が息を切らして駆けてくる。

「あう……はぁ、はぁ……メ、メイちゃん、ま、待って、くださいよぉ……」

こちらもソリスの顔見知り。

ヒカリ・ヒストリカ、十五歳。

メイと同じく死霊術《しりょうじゅつ》科の一年生。

名前の響きの通り、典型的なアメッチ人——長い黒髪と黒い瞳《ひとみ》。

地味な容姿、メイと並ぶとなおさら地味な印象。伏し目がちで内気っぽい感じ。ただしよく見れば相当な美少女。

メイと同じ野暮ったい真っ黒なローブを、こちらは特に改造することもなく身につけている。それが地味な外見に似合ってもいる。

「だってだってヒカリちゃん！　ソリス先パイの姿を見つけたから！　ソリス先パイを見たら走らなきゃいけないでしょっ!?」

「へ？　ソリスせんぱい？　……きゃっ、せ、せんぱいっ！」

言われて初めて気付いたらしく、ヒカリが声を裏返らせる。

ソリス、一応「やあ」と軽く手を上げて挨拶《あいさつ》。

「わ、わわわ、せ、せせせせせせせんぱいに『やあ』って言われちゃったどうしようどうしようどうしよう！　私みたいな地味で根暗な**ゴミ虫**にソリスせんぱいのお声をじきじきに聞く資格なんかないいんです私みたいな愚図でノロマの**ダンゴムシモドキ**は一生薄暗い物陰にうずくまってるのがお似合いなんですせんぱいの半径五十メートル以内に近づいたらあまりの神々しさに死んでしまうんですああダメですせんぱい私死にますもう死にますむぎゅ〜〜〜〜〜〜〜〜〜〜〜〜〜〜っ！」

ぼすっ。

顔を真っ赤にして一息で喋《しゃべ》ったあと本当に自分の首を自分で絞めはじめたヒカリに、メイ、手加減も何もなく首に手刀を打ち込む。

「はう」

気を失うヒカリを支えつつ、先ほどまでとまったく変わらない太陽みたいな笑顔で、

「もー、ヒカリちゃんには困ったものですよねー先パイ」

ほんとに困ったものだなあとソリスは思う。メイとヒカリ、両方とも。

「ちなみにヒカリちゃん、今日の実技ではゾンビ六体も作っちゃったんですよ。もちろんクラスで一番。相変わらずの天才っぷりですねー。ちなみに二番はわたしです。ほめてくださいほめてくださいえへへへ。あ、ところでソリス先パイ今からお帰りですかっ⁉　だったらわたしたちと一緒に帰りましょ帰りましょ帰りましょっ⁉」

目をキラキラさせながら言うメイに、

「いい加減になさいこのゾンビ**娘**！　ソリス様はこれからこのわ・た・く・しと、生徒会の大事な大事なお仕事があるんですの！　忙しいんですの！　ゾンビ**娘**に構っている暇などありませんの！」

ソリスの後ろから鋭い声。メイにはソリスしか見えていなかったのだが、実はさっきからずっと、ソリスと一緒に歩いていた二人の人物がいた。

一人は深紅《しんく》の鞘《さや》に入った大振りの剣を携えた少年。

アイザック・ラムサス、十六歳。

帯剣していることから判《わか》るように、魔法剣士科二年。生徒会書記。

焦げ茶色の髪、ボサボサ。長身痩躯《そうく》、閉じているのか開いているのか判らない目。

ソリスたち精霊魔法科の男子制服よりもさらに『軍服』という印象が強いデザインの制服がよく似合っている。

もう一人の少女が声の主。

キャロル・カリオストロ、十六歳。

ソリスと同じ精霊魔法科二年、同じクラス。去年の年間次席、つまりソリスの一つ下の成績。生徒会会計。

赤い瞳《ひとみ》に赤い髪。精霊魔法科女子の制服――ローブを思わせる、丈と袖《そで》が長いデザイン。

野暮ったい死霊術《しりょうじゅつ》科のローブとは違い、洗練された印象。

「おおっと、いたんですかキャロル先パイ！　ゾンビ娘だなんて、いやー、そんな風に言っていただけるなんて**光栄**ですっ！」

「ぜんっぜんっ、褒めてませんわっ！」

テンションを落とさないメイに、声を荒げるキャロル。

メイ、本気で不思議そうな顔。

「ええっ!?　ゾンビが褒め言葉じゃなかったら何なんですか!?　ゾンビは素晴らしいものですよ！　まず第一に、**いついかなるときでも穏やかな物腰！**」

「筋肉が腐っていて動きが鈍いだけです！」

「**どんなことにも動じない鋼の精神！**」

「脳が腐っているから動揺するような知能自体がないのです！」

「**主人の命令には絶対服従という揺るぎない忠誠心！**」

「『前に進め』と言ったら命令を取り消すまで壁にぶつかろうとひたすら歩き続けることを忠誠と呼ぶのならそうでしょうよ！　わたくしだったらそんな無能な部下は五秒でクビですけどね！」

「**匂《にお》い立つようなかぐわしい色香！**」

「**腐敗臭**ですわそれはっ！」

「決して大げさな自己主張をしない、それでいて人混みの中で立っているだけで自然と注目を集めてしまう**洗練された容姿**……そう、**まるでソリス先パイのようなっ！**」

「人混みに腐った死体が立っていたら誰《だれ》だって注目しますわっ！　あと、ソリス様をゾンビと一緒にしないでくださいます!?　あ、いえ、べつにソリス様個人がどうというわけではなく、**あくまで一般論として**他人をゾンビと一緒にするのは……」

「このように！　ゾンビとはかくも素晴らしいものなのです！　お分かりいただけましたかキャロル先パイ！」

「くっ、人の話をお聞きなさいゾンビ娘……！」

「わたしのお婆《ばあ》ちゃんはいつも言っていました！『**フラメル家の淑女たるもの、常にゾンビのようであれ**』って！」

「そんなお婆ちゃんはさっさと本物のゾンビになっておしまいなさい！」

「ああっ！　お婆ちゃんのこと馬鹿《ばか》にしましたね！　許せません許せませんっ！」

「なんですのっ！」

「なんですかっ！」

そこでキャロル、すーっと呼吸をととのえ、

「……いいですか、前々から言おうと思っていたのですけれどねゾンビ娘！　あなた、下級生でしかも学科も違うというのにソリス様に馴《な》れ馴《な》れしくしすぎです！　少しは立場と

いうものをわきまえなさい！」

「ええ～っ⁉　嫉妬《しっと》ですか～っ⁉　精霊魔法科の次席で生徒会会計のキャロル・カリオストロ先パイともあろうおかたが、まさかまさか、そんな小説に出てくるしょぼいいじめっこのお嬢様みたいな台詞《せりふ》を恥ずかしげもなく言うなんて！」

「だ、誰がしょぼいいじめっこですかこのアホ毛ゾンビ！　そ、それにわたくしはべつに嫉妬など！　た、ただ、生徒会に所属する者として学生の規律をですね……！　だ、大体なんですのその破廉恥な格好は！　ちゃんと普通の制服を着なさい！」

「い、いやですよあんな野暮ったくて可愛《かわい》くないやつ！　それに先パイだってこっちの方が喜んでくれる筈《はず》ですもん！」

「いいえ！　ソリス様はわたくしのような……いえ、この精霊魔法科の制服のように上品で洗練された格好の方がお好きな筈です！　べ、べつにわたくし、ライバルであるソリス様に好かれようなどとは思っておりませんけれど！」

「へー、ほえー、精霊魔法科の制服を着ると胸の大きさまでスッキリ洗練されちゃうんですね！　怖っ！　服にどんな魔法がかかってるんですか先パイ！　わたし最近ちょっと胸が窮屈になってきたので是非ともご教授いただきたく！」

「きいいいいっ！　な、なんたる屈辱……！　もう許せませんわメイ・フラメル！　あなたには金輪際ソリス様に近づくことを禁止します！」

「ぶっぶー。生徒会会計にそんな権限はありませーん。裁判長！　被告は自分に魅力がないからといって虚偽の権力を振りかざし、いたいけな後輩を恫喝《どうかつ》しております！」

「な、なんですってぇ……っ！」

「なんですかなんですかなんですかっ！」

「ふぐぐぐぐ〰〰〰〰〰……ッ！」

「ぐるるるる〰〰〰〰〰……ッ！」

……いつの間にかソリス争奪戦に発展。本人そっちのけで。

キャロル・カリオストロ――お嬢様育ちの潔癖症。

メイ・フラメル――アンデッドをこよなく愛する死霊術士《ネクロマンサー》見習い。

中等部の頃《ころ》から水と油、水精霊《ウィンディーネ》と火精霊《サラマンダー》、アンデッドと白魔法。

いつものようにいがみ合いを始めた二人に「やれやれ……」とため息をつくソリスの肩が、軽く叩《たた》かれる。

さっきからずっと黙っていたアイザックだった。《インヴィジブル・エア》という異名をとる、寡黙で常に冷静沈着な男。

「……相変わらずモテモテであるな、アレクサンドロ」

特に羨《うらや》む様子もからかう様子もない、平坦《へいたん》な言葉。

「ま、仕方ないさ。**俺《おれ》だから**」

ソリス肩をすくめ、口の端を軽く吊《つ》り上げ、さらりと言う。

俺《おれ》だから。格好いいから。天才だから。完璧超人《かんぺきちょうじん》だから。

自分を全肯定する、自信家としての台詞《せりふ》。

「……左様か。大変であるな」

「羨《うらや》ましいか？」

「……いや。某《それがし》は未《いま》だ修行中の身。女子にうつつを抜かす余裕はないゆえに」

本音かどうか判断不能の淡々とした声音、のっぺりした表情。

「……さて、そろそろ参ろうか。パラケルスス殿をお待たせしてはならぬゆえ」

「そうだな」

ソリス頷《うなず》き、「うぐぐぐぐ……！」「んががががが……！」などとやっている二人の女の子（＆メイに地面に放《ほう》り出されてぐったりと倒れているヒカリ）を尻目《しりめ》に、生徒会室へと歩いていくのだった。

†

学院から徒歩で三十分ほどの距離にあるアパート。

既に日は暮れて、部屋の中は何も見えないほどに暗い。

生徒会の仕事を終えてソリスが部屋に帰ってくるのは、いつもこんな時間になる。

——ぼうっ——……

天井からぶら下がるランプに火を灯《とも》す。

薄汚れたベッド、机、本棚——どれも他《ほか》の生徒が処分する予定だったのを譲り受けた。

それ以外には何もない、シンプルな内装。

本棚を埋め尽くすのは魔導書をはじめ歴史書、哲学書、論文集——ほとんどが貰《もら》い物《もの》か、古書店で買い揃《そろ》えたもの。娯楽本の類《たぐい》は数えるほどしかない。

一人部屋とはいえ狭く、汚れの目立つ壁、歩くと軋《きし》む床。それゆえに、学園都市に数ある学生アパートの中でも格安。しかも朝夕食事付き。

十二歳で学院の中等部に入学したときからの、ソリスの根城。

トリス学院からは遠いため、アパートの住民の中に同学院の学生はソリス一人。それでなくてもトリスの学生には金持ちの子女が多いので、たとえ距離が近くてもこんなボロアパートには住みたがらないだろうし。

両親を騙《だま》すように学院の精霊魔法科に入学したために実家からの援助を受けられないソリスは、奨学金で生活している。

奨学金の支給を受けるためには、成績優秀、魔道士として将来有望であると国から認められる必要があり——

だからソリスは今日も、帰ってくるなり机に向かい、ノートと魔導書を広げる。

毎日毎晩、夜遅くまで。

中等部の頃《ころ》は間近な講義の予習だけでなく、自発的にもっとレベルの高いことを勉強する余裕があった。実家がとある魔法体系の名家だったから、中等部で学ぶような魔法の基礎は幼い頃に叩《たた》き込まれていたし、幸いにして魔力も両親からそれなりのものを受け継いだらしい。

高等部一年の頃も、実家での英才教育や中等部のときの貯金があったからこそ、どうにか一年間主席の座をキープできた。

だが、二年生に上がり講義の内容が専門的になって難易度は格段に上がり——正直、独学でどうにかするには限界を感じている。講義の復習と翌日の予習だけで手一杯になってしまうことも多い。しかも最近は生徒会の仕事までこなさなくてはならない。

それでも、ソリスはこうして足掻《あが》いている。

頭脳明晰《ずのうめいせき》、将来有望、学院の誇る完璧超人《かんぺきちょうじん》という仮面を取り繕うために。

だってその仮面《メッキ》がはがれてしまったら自分は——……

「……くっ」

ソリス、頭をぶんぶん振って余計な思考を振り払う。

目の前の魔導書に集中。

やたらと複雑な精霊文字、独特な文法、頭の中で意味のある文章として認識するのが困難な文字の羅列――まさに超強力眠気発生装置。

「ふぁぁ……。い、いかん……眠っちゃ駄目だ……頑張らないと……」

生徒会長のシェンファや死霊術《しりようじゆつ》科の後輩二人組のような天才肌ではなく、精霊魔道士としては完全に努力家タイプの秀才。

それこそが完璧超人ソリスの嘘《うそ》偽りのない真実の姿だと言える――…………わけでも、実はないのが困ったところだった。

もう一つの秘密に比べたら、『実は天才じゃない』ことなんて、別に大したことではないとさえ思える。

「ふぅ……」

眠気を紛らわせるためにとりあえず他《ほか》の科目をやろうと、机の引き出しを開ける。

ふと、目に入る。

ノートや羊皮紙の束、筆記具などに混じって、黒い桐箱《きりばこ》。

「…………」

なんとなく机の上に取り出し、蓋《ふた》を開ける。

中に入っていたのは、黒いリボン。

もちろんソリスが身につけるものではない。

……思い出すのは、あの冬の日のこと。

「わたしが勝ったらソリスくん、おとなしくわたしのおムコさんになってくださいね」

「わたしが負けたらわたし、おとなしくソリスくんのおヨメさんになってあげます」

翌日も、そのまた翌日にも決着は付かずに終わり、雪は溶けてしまった。

——また来年。

しかし、その約束が果たされることはなかった。

冬が去り、春が来て、夏が来て、秋が来て——また冬が巡ってくる前に。

……彼女は、流行病《はやりやまい》で死んでしまった。

あまりに突然の別れ。

「体の調子が悪い」と聞かされてから、わずか一ヶ月のことだった。

ソリスの三つ年上の幼なじみ——マシロ・アナスタシア。

この黒いリボンは、五年前に死んだ彼女の形見だった。

（……駄目だ、全然集中できない）

勉強などやっていられないようなしんみりした気分になってしまい、嘆息。

眼鏡を外し、目をしばたたかせる。

今夜はもう、眠ることにする。

着替えるのも億劫《おっくう》だったので、そのままベッドへ。

疲労が溜《た》まっていたこともあり、ソリスの意識はすぐに暗闇《くらやみ》に溶けていった――……。

†

……夢を見ていた。

幼なじみ、マシロとの夢。

ソリスとマシロは、雪遊びをしている／追いかけっこをしている／一緒に本を読んでいる／水遊びをしている／昼寝をしている／木登りをしている／ソリスの魔法の練習をマシロが応援している／ままごとをしている／指切りをしている／……キスをしている。

めまぐるしく変わる場面。

同じような夢は、彼女が死んでしまってから何度も見た。

けれど今回の夢はいつもと少し違った。

二人の姿はいつの間にか幼い子供ではなくなっていた。

五年の歳月が流れ、背は高く、顔立ちは凛々《りり》しく、眼鏡をかけているソリス。

驚くほど綺麗《きれい》になったマシロ。

黒い髪と瞳《ひとみ》に、雪のような白い肌、どこか儚《はかな》げ、それでいて笑顔はあの頃《ころ》のまま——極光《オーロラ》のようにソリスの心を包み込む。

絶対にあり得ない光景。

幸せな、夢。

けれど、あまりに幸せすぎてソリスは気付いてしまった。

これは、夢なのだと。

第一、ソリスはマシロとキスしたことなんてない。

（……素敵な夢だが余計なお世話だ。悪いが俺《おれ》に、現実逃避の趣味はない……！）

夢の中で吐き捨てるように呟《つぶや》くと、優しい輝きに包まれた二人の光景が徐々に視界から遠ざかっていく。

二人の姿が完全に消えてしまったあと、世界に暴力的な眩《まぶ》しい光が差し込む。

——朝日だ。

直感的に認識したソリスは、自分の意思でうっすらと瞳を開けた。

「…………うん？」

……その視界が、部屋の真ん中に見慣れないものをとらえた。

ぼんやりと……何か、白いもの……。

「…………………うぅんん……？」

怪訝《けげん》に思いながら枕元《まくらもと》に置いてあった眼鏡をかけて、まじまじと観察。

……それは、雪のような美しい白色をしていた。

……それは、人のカタチをしてそこに立っていた。

……それは、服を着ていなかった。服どころか、下着すら身につけていなかった。

目にダイレクトに飛び込んでくる、全身の白色。

……それは、なんというかその、スケスケだった。

胴体越しに、後ろの小汚い壁が見える。

……それは——人のカタチというか、人の骨格《カタチ》そのものだった。

服や下着どころか、肉も皮も内臓も髪も脳もない。

……それは人間の骨だった。白骨死体だった。骸骨《がいこつ》だった。スケルトンだった。

「～～～～～～～ッ!?」

骸骨と目が合った……ような気がした。

眼球のある場所には、ただ深い闇《やみ》が広がっているだけ。
骸骨《がいこつ》は中に闇を宿した頭部を、じっとソリスの方に向け——
カタカタ、と、歯を鳴らして笑った。
それを見たソリス——……
……………
………

「ぎゃあああああああああああああああああああああああああああああああああああ！！！！！！」

アパート中に響き渡るほどの大きな悲鳴（小さなアパートなのでこれは別に比喩《ひゆ》ではない）を上げ、泡を吹いて気絶した。

†

「……リスさん……ソリスさん……！」

部屋のドアを叩《たた》く音と自分を呼ぶ声によって、ソリスは意識を取り戻した。

目を開けてみても、もちろん部屋の真ん中に骸骨など立っていない。

「ソリスさん！　大丈夫ですかソリスさん！」

「なんかあったんスか!?　なんか悲鳴が聞こえたッスけど！」

同じアパートに住む学生達《たち》の慌てた声。

（……俺《おれ》としたことが……夢の中で驚いて悲鳴を上げてしまったのか……）

自分にあるまじき失態を恥じながら、

「ああ、なんでもないなんでもない！　朝から大声を出してすまなかった！　ちょっと変な夢を見てしまっただけだ！」

ドアの方に向かって声を張り上げる。ホッとした空気が伝わってくる。

「そうだったんですか。何事もないならよかったです！」

「ああ。みんな心配してくれてありがとう」

「いえ、ソリスさんはこのアパートの誇りッスから！」

……エリート校である王立トリスメギストス魔道学院の中でも屈指の天才、完璧超人《かんぺきちょうじん》、将来は宮廷魔導師のトップ《十二人の偉大な魔法使い《ソディアック》》入り確実と名高いソリスは、学院の生徒からやっかみを受けることが多く親しい友人も少ないのだが、このボロアパートに住む貧乏学生達にはとても慕われていた。

彼らの足音が遠ざかっていき、ホッと一息。

そして、せっかく早くに目を覚ましたのだから予習でもしようかと、部屋の窓際、机の方へと顔を向けた。

……………机のそばに、骸骨《がいこつ》が立っていた。


カタカタ。

笑う骨。

「**夢じゃなかったああああああああああああああああ！！！！！！！！！！！**」

ソリスまたしても絶叫。

「ソ、ソリスさん！　やっぱり何かあったんですか!?」

「大丈夫ッスかソリスさん！　ソリスさん！」

「ここを開けてくださいソリスさん！」

ドンドン！　ドンドン！

「な、なんでもない、本当になんでもないんだ！　心配しないでくれ！　俺《おれ》は平気だ、全然平気だ！　ちょっと本棚が倒れただけだから！」

　必死で平然を装い、アパートの住人達《たち》に叫ぶ。

「大丈夫ッスか!?　お手伝いしましょうか！」

「だ、大丈夫だ！　その気持ちだけで俺は嬉《うれ》しい！　だから頼む、気にしないでくれ！」

「そうですか……何か手伝えることあったら何でも言ってくださいね！　俺ら、部屋の前にいますから！」

「いやいやいや、いいから！　本当に全然気にしなくていいから！」

「で、でも……」

「この俺が大丈夫だと言っているんだ、信用できないか？」

　わざと突き放した口調。

「……！　わ、分かりました、出しゃばってすみませんでした……」

　少し傷ついた声音、離れていく足音の群れ。

　正直、悪いことをしたと思う。だが、今はこうするのが最善だ。彼らにはあとで何かフォローを入れておこう。

　自分を慕ってくれる連中に——実は自分が、**お化け**が苦手、いや、**お化け**というか、ゴーストやゾンビ、**それに**スケルトン、**要するに心霊関係全般**が死ぬほど苦手で、その手の**単語を聞くだけで鳥肌が立ち、怪談など聞こうものなら失神してしまうこと確実で、本物**

と遭遇しようものなら絶叫してみっともなくガタガタ震えることしか出来ない臆病《おくびょう》なチキン野郎だなんて、絶対に知られるわけにはいかなかった。

今だってもちろん震えている。

身体《からだ》が凍り付いたように動かない。

そんなソリスに骸骨《がいこつ》、かくん、と小首を傾《かし》げた。

少しコミカルな動作。

が、恐怖に囚《とら》われているソリスにコミカルなどと感じる余裕はなく。

さらに骸骨、何を考えているのか、何か考えているのか、机の上に手を伸ばす。

その先には——黒いリボン。

マシロの、幼なじみの、大切な人の、形見。

服もお金もほとんど何も持たず、実家から逃げるように出てきたソリスがこの街に来るとき持ってきた、唯一の大切なもの。

「……め、ろ……」

震えながらも骸骨を睨《にら》み付け、ソリスは声を絞り出す。

「……やめろ……！　……さわ、る、な……」

声が小さくて聞こえていないのか、そもそもソリスの言葉など聞く気もないのか。

「さわる、な……！」

骸骨の手が、無造作にリボンを持ち上げる。頭の中が真っ白になる。

「そのリボンにさわるなッ!!　それは……それは……──

それは俺《おれ》の世界で一番大切な人のものだ！」

震えながら、裏返った声で、叫んだ。

すると。

はらりと骸骨の手からリボンが落ちる。

そして骸骨、静かにソリスの方に向き直り。

「な、なんだよ……！　なんなんだよ……！」

暗い空洞の眼窩《がんか》に見据えられ、恐怖のあまり泣きそうになる。

……骸骨は。

ソリスの方へゆっくりと近づいて来て──骸骨の感情なんて読めないしそもそも感情なんてあるわけがないのに、どことなくその雰囲気は「嬉《うれ》しそう」な感じがする──と、ソリスが思った、次の瞬間。

骸骨、猛烈な勢いでソリスに飛びついて彼をベッドに押し倒し！

むうちゅうう～～～～～～～～～～～～～～!!

……という擬音がまったく相応《ふさわ》しくない、肉がなく歯が剥《む》き出《だ》しになった唇で。

キスを、してきたのだった。

「…………………………………………………………うぁが」

ソリス・アレクサンドロ十六歳。

女の子にはモテるが、特定の娘《こ》と付き合ったことはなく。

したがって、キスをしたこともなかった。

べつにファーストキスがどうこうとか、メイが読んでいるような恋愛小説みたいなことを言うつもりはなかった。

だけどそれでも。いくらなんでも。

（……こ、これは酷《ひど》すぎるんじゃ、ないdeathか、ねえ…………………）

そんなことを思いながら、ソリスの意識は再び闇《やみ》に落ちた……。

†

ゆさゆさ。

ゆさゆさ。

誰《だれ》かが優しく身体《からだ》を揺さぶってくるのを感じて目を覚ました。

……**骨だった。**

気絶したソリスを、まるで母親が幼子を起こすときのようにゆさゆさ。

三度目ともなると、さすがにもう悲鳴は上げない。

わずかながら、冷静に観察する余裕も生まれる。

真っ白な骨。

汚れ一つなく、まるで象牙《ぞうげ》細工のような光沢のある白色には、どこか芸術的な美しさすら感じる。

それでも怖いことには変わりないので、ベッドから起きあがりじりじりと距離をとる。

どうもこの骨、自分に害をなすためにやってきたわけではないらしい。死霊術士《ネクロマンサー》のメイかヒカリのいたずらだろうか？

そんなことを考えていると、
カタカタ。

骨が顎《あご》を鳴らした。まるで何かを言おうとしているような。

（やっぱりこいつは、ただのスケルトンじゃない……）

スケルトン＝ゾンビと同じく低級アンデッドの一種。人間や動物の骨が魔力によって動くようになった存在。ゾンビとの違いは、骨だけか肉が残っているかということくらい。

昨日キャロルが言っていたように、スケルトンもゾンビと同様、高度な知能など持っていない。

一応、術の構成を工夫することで擬似的な知能を持たせることは可能だが、相当に高度な技術が必要。

つまりスケルトンは基本的に、何かを言おうとするなんて真似《まね》は出来ない。

それに……さっきから興味深そうにきょろきょろと部屋の中を見回したり、リボンを触ろうとしたり、抱きついて＊＊（その単語を思い浮かべたくなかった）してきたり、このスケルトンはまるで——まるで生きているみたいだと思った。

「あ、あの……」

おっかなびっくり、語りかけてみる。

じれったそうに（？）顎《あご》をカタカタやっていた骨が沈黙。

「……ええと、もしかして何かその、……俺《おれ》に伝えたいことがあるのか？」

尋ねると、骨はガクガクと元気よく（？）頷《うなず》く。

それから骨、白い腕を上に上げたり、足を開いたり、腕をクロスしたり、両手を大きく広げてみたり……どうもボディランゲージのつもりらしい。

相手に自分の意思が伝わるよう試行錯誤する。こんなことは、いくら高度な人工知能を組み込もうと実現不可能だ。

しかし残念、どれだけ凄《すご》いことをやっているのであろうと、ボディランゲージの才能自体がなければどうしようもなかった。地団駄を踏んでいるようにしか見えない。

それでもどうにか解読を試みる。骨、腕を大きく開いたり閉じたり、その場でくるっと回転してみたり。

「……ええと、『ここは狭い部屋ですね』？」

ぶんぶんっ！　ソリスの言葉を首を振って否定する骨。さらに自分の肋骨《ろっこつ》のあたりをぽんぽん、と叩《たた》くような動作。

「……『おなかがへった』」

ぶんぶんっ！　なおも否定。両手で顔を洗うような動作。

「……『獣のように生肉をむさぼり食わせろ』？」

否定。腰骨をくねくねさせるような奇怪な動き、そしてジャンプ。

「『うおー、早く我を歓迎する宴《うたげ》を開くのだ、さもなければお前を食う！』」

否定。腕を激しく上下に動かし、顎をガタガタ鳴らす。

「『ジェノサイド！　ジェノサイド！　ジェノサイド！　我は暗黒の魔王なり！』」

ドンドンドンっ！　激しく地団駄を踏む骨。

これは判《わか》る。怒っている。今にもこちらに詰め寄ってきそうな気配。

「ひいっ！　す、すいませんすいませんすいません調子こきましたあ！」

ソリス思わず全力で謝った。そして気まずそうに咳払《せきばら》い。

「ゴホン。……いや、すまない。けど解《わか》ってくれ。君が何を言いたいのか、俺にはさっぱり解《わか》らん」

　がっくり。

　オーバーアクション気味にうなだれる骸骨《がいこつ》。

「……あ、それも判《わか》る。落ち込んでいるのだな」

　骸骨、コクコクと首を振り肯定。そして首を三六〇度回転させて部屋の中をぐるりと見回したあと（その動きでソリスはさらにびびった）、急に「ぽん」と手を打った。

　……いいことを思いついた！　……でいいのだろうか。

　骨、ソリスの机に向かって手を伸ばす。手に取ったのは、ペン。

「なるほど、筆談か！」

　声が出せないのなら、紙に書けばいい。

「ノートはどれでも好きに使ってかまわない」

　骨はコクリと頷《うなず》き、驚くほど器用に指先でノートの端を摘《つま》み、ページを開く。

　サラサラと。

　骸骨がノートに文字を書く。

（……な、なんてシュールな光景だ……）

　文字を書くスケルトンなんて見たことも聞いたこともない。

　……書き終えた骸骨がノートを開いたまま、こちらに近寄ってくる。

反射的にびくっと震えてしまう。しかしどうにか動揺を隠す。

骸骨、ソリスの前にノートを突き出す。

「……下手《へた》くそな字だな」

それが最初の反応。上の方にチョロッと書いてある魔法式のメモ（ソリスの字だ）と比べると、よりギャップが際だつ。

ぐいっと、骨がさらにノートを近づけてくる。「そんなことどうでもいいでしょ」と、言っているような気がした。

「……分かってるよ」

誰《だれ》にともなくソリスは呟《つぶや》き、ノートの文字と目の前の骸骨を見比べる。

そこに大きく汚い字で書かれていたのは。


【わたしは、マシロ・アナスタシアです】

†

「……マシロちゃんの母さんの名前は？」

【ツバキ】

「マシロちゃんの父さんの名前は？」

【コタロウ】

「俺《おれ》の父さんの名前は？」

【ビャクヤ】

「俺の母さんの名前は？」

【ソフィー】

「俺の弟の名前は？」

【え!?　弟がうまれたんですか!?】

「……引っかけ問題だよ。弟なんていない」

例によって汚い字をノートに書き散らし、骨はソリスの質問に次々に答えていく。

彼女が本当に幼なじみのマシロ・アナスタシアかどうか、確かめるための問題。

今のところ全問正解。しかしこれらは、調べようと思えば調べられることだ。

ならば今度は、マシロと自分しか知らない筈《はず》のことを。

「……問題。俺たちがよく遊んでいた広場の名前は？」

骨、いきなり答えに詰まった様子。しばし無反応。そして、

【ごめんなさい。知りません】

不正解。だが、

「……そうか。実は俺も知らないんだ」

【…………】

非難がましい視線（といっても眼窩《がんか》には暗闇《くらやみ》しかないが）を無視して、次の質問。

「俺とマシロちゃんが知り合ったきっかけは？」

今度は迷わずサラサラと、少し長めの文章。

【六歳にもなっておねしょしたことを叱《しか》られるのが怖くてパジャマ姿で家を飛び出したソリスくんがズボンを濡《ぬ》らしたまま道の真ん中で途方に暮れてわんわんみっともなく泣きわめいているところを、お使いの途中だったわたしが優しくなぐさめてあげて、わたしの家に連れ帰ってパンツを替えてあげました。あとお風呂《ふろ》にも入れてあげましたよね】

「…………そういえばそうだった。お願いだから忘れてくれ」

思い出すと死ぬほど恥ずかしかった。

「……次の質問だ。俺が八歳のときの夏、とある食べ物を食べて三日間寝込んだことがあ

る。その『とある食べ物』とは?」

【わかりません】

即答。

「………………」

【覚えてないです】

「正解はケーキなんだけど」

【それはとても意外な正解ですね。まったく想像もできませんでした】

「……『お菓子にすれば野菜嫌いのソリスくんでも美味《おい》しく食べられますよね♥』とかぬかして家中の野菜を混ぜたケーキを作ったことも、野菜と一緒に麻酔の原料になるアルカネリの樹《き》の葉が混ざっていたことも、まったく身に覚えがないと?」

【はい、一切記憶にございません。ソリスくん、夢でも見たんじゃないですか?】

ノートを見せながら、ソリスから視線を逸《そ》らす骨。

「……とりあえず次の質問。……いつだったか、俺《おれ》の両親とマシロちゃんの両親が揃《そろ》って出かけて、二人で俺の家で留守番していたことがある。その夜に俺たちがしたことは?」

【情熱的なキス】

「違うよ捏造《ねつぞう》すんなよびっくりするなあもう!」

【冗談です】

「…………」

ソリス、顔真っ赤。骨にからかわれて動揺した自分を恥じる。

【正解は「ずっと友達でいようと約束した」ですね】

「……正解」

そうだ、約束と言えば。

「次の質問。……六年前の冬、二人で雪合戦をした。勝ったのはどっち？」

【わたし】

……即答された。しかしすぐに新しいページをめくり、

【ごめんなさい。うそです。決着はつきませんでした】

「…………」

そうだ。決着は、つかなかった。

永遠に、つかなくなってしまった……………………………と、思っていた。

「…………次が最後の質問だ」

ソリスはしばらく考え――問う。

「俺の、将来の夢は？」

まったく迷わずに、骸骨《がいこつ》はサラサラと回答を書いていく。

書き終わり、自信たっぷりにノートをソリスの眼前に開く。

【三百年前に大魔導師ルザルカと一緒に魔王と戦ったご先祖様、デューマ・アレクサンドロみたいな立派な死霊術士《ネクロマンサー》になって、生きた人間もゾンビもゴーストもスケルトンもみんな仲良く暮らせるような世の中にすること！】

……完全に。

……完全に間違った答えだった、、、、、、、、、、。

ソリスの将来の目標＝宮廷魔導師になって、いつかは現ヘルメス王国宰相クロウリー卿《きょう》のように、魔道士として望める最高の地位まで上り詰める。

しかし――ノートに書かれたその文章は、一字一句間違いなく、ソリスがかつてマシロにだけ語ったことのある夢だった。

今はもう捨ててしまった、かつての夢。

（……間違いない、な）

本当は、骸骨《がいこつ》がノートに書いた文字を最初に見たときから既に確信していた。

この特徴的な汚い文字は、間違いなくマシロの字。

本当は、認めたくなかっただけ。

ソリス、ふう、と嘆息。告げる。

「……認めるよ。たしかに君はマシロちゃんだ……。少なくとも、マシロちゃんの記憶を持っていることは確からしい――……」

マシロを名乗るスケルトンをとりあえず部屋に残し、ソリスは学院に登校。
いつものように完璧超人《かんぺきちょうじん》を装いながらのスクールライフ。
教師からの質問にはスラスラと。実技、下級精霊召喚の手並みは鮮やかに。
女子生徒からはキャーキャー。男子生徒からは舌打ち。
しかしその間もずっと、頭にあるのはマシロのこと。
彼女はどうして、どうやって甦《よみがえ》ったのか。しかもスケルトンとして。
……実を言うと、一つだけ心当たりがないわけではなかった。
五年前――マシロが死んだとき――ソリスは、彼女を甦らせようとしたのだ。
マシロの葬儀が行われた夜、故郷の町レンデアの共同墓地。
『マシロ・アナスタシア　ここに眠る』と刻まれた墓の前。
ソリスは『反魂』の術を実行した。
反魂＝死者を生前と変わらぬ姿で生前の記憶を残したまま甦らせる、死霊術《しりょうじゅつ》の奥義。
三百年前に失われたとされる秘術。
家の倉庫に眠っていた不完全な写本を参考に実行。

いくら才能に恵まれていたとはいえ当時のソリスに――というかどんなに優秀な死霊術師であっても――成功させられる筈《はず》もなく。

結果、見事なほどの大失敗。大暴走。

現れたのは無数のゾンビ、スケルトン、ゴースト、その他諸々《ほかもろもろ》の邪霊・邪鬼の類《たぐい》。

飢えた怪物達《たち》の中心にいたのは、可愛《おい》らしい人間の子供。

結果←

ソリス・アレクサンドロ少年（11）――食われかける。


奇跡的に命からがら逃げおおせたものの、何十体、いや何百体ものアンデッドの群れに襲われた恐怖は、ソリスの心に深いトラウマを刻んだ。

アンデッド全般が死ぬほど苦手になり、幼い頃《ころ》より学んできた死霊術からも逃走。

立派な死霊術師になるという夢を全力で棒に振り、王立トリスメギストス魔道学院の精霊魔法科に入学、今に至る。

（……あのときの『反魂』の術が、実は成功していた……？）

可能性は低い。それに、生前と変わらぬ姿どころか今のマシロは骨だ。

だが。

もしもそれが……ソリスの術が完全でなかったのが原因だとしたら。
戦慄《ゾクリ》。
頬《ほお》を冷や汗がつたう。
(マシロちゃんをあんな状態にしたのは……俺《おれ》、なのか……!?)
そうだと決まったわけではない。
だが、もしそうだとしたら――自分には責任がある。
(……いや、違う。そうじゃなくても、だ……!)
真相がどうであれ、現実問題、マシロはスケルトンとして甦《よみがえ》ってしまった。
そしてソリスのもとへやってきた。
ならば、それをどうにかするのは自分の役目だと思う。
というか、自分以外の誰《だれ》かにマシロを任せるなんてことしたくない。
(……問題は、具体的にどう『どうにかする』のか、ということだ)
生徒会の危機管理マニュアルを脳内からほじくり出す。
《主《あるじ》のいない野良モンスターへの対処》
・その1　退治する――……冗談じゃない。
・その2　被験体として捕獲――……ふざけるな。
・その3　王都の怪物公園に売り飛ばして見せ物に――……ぶっ殺すぞ。

（全部却下だ！）

……いくら考えても結論は一つしか出なかった。

彼女を、人間に戻す。

（これしか、ない）

正直、スケルトンを人間に戻す方法などまったく見当もつかないのだが。

「……それでも、やるしかないんだ」

「なにをやるんですの？」

不意に横から声。

「……！」

慌てて意識を現実に戻す。

夕陽《ゆうひ》の差し込む放課後の生徒会室。

広くはないが質の高い調度品に囲まれた、落ち着いた雰囲気の部屋。

中央に円卓。四人の少年少女。

幾つもの委員会で構成される生徒会の中でも最上位——最高執行部の面々。

この部屋に自由に出入りすることが許される存在。

一人はソリス、副会長。

帯剣している糸目の少年、アイザック。書記。

赤い髪の少女、キャロル。会計。声をかけてきたのは彼女。

「あ、いや、なんでもないよ」

ソリス平静を装う。しかしキャロル、訝《いぶか》しげに言う。

「……ソリス様、今日はなんだか様子がおかしいですわよ？　今朝からずっと、何か別のことを考えているような……」

そこに楽しげな声。

「ほうほうなるほど。つまりキャロル・カリオストロは今朝からずっとソリス・アレクサンドロの様子を注意深く観察していたということだな。くくく、いやらし……いや、いじらしい乙女心だな」

声の主は生徒会室にいる最後の一人。

生徒会長、シェンファ・パラケルスス。

魔法戦術科の三年。学院始まって以来の神童としてソリスと並び称される才媛《さいえん》。

初等部から高等部二年まで、十一年連続年間主席。

高等部一年の頃《ころ》から今期まで、三期連続生徒会長。

魔道具科と白魔法科の導師号を取得済み。

裏で努力しているソリスとは違い、正真正銘、純粋にスペックが桁違《けたちが》いに高い超人。ソリスにとって彼女の存在は目の上のたんこぶではないかと邪推する者もいるようだが、正直、挑戦する気も起きない。

各役職が一人ずつという必要最低限の人数ながら、今期生徒会の評価は最高に近い。その評価の半分以上を占めるのが彼女の力量（三〇％くらいがソリス）。

「べ、べべべべつにそういうわけではありませんわ！　言葉のあやです！　毎日一緒にいるクラスメートの様子がおかしければ誰《だれ》だって気付きますわ！」

キャロルが真っ赤になって否定。

シェンファ、「くっくっく」と意地の悪そうな笑みを浮かべ、生徒会長専用の高級椅子《いす》の上でふんぞり返り、「どん」と行儀悪く机の上に足を投げ出す。

「まあ、キャロル・カリオストロのことはどうでもいいとして、だ」

「どうでもいいって……それはそれで癪《しゃく》ですわ」

キャロルのぼやきは当然のように無視。

「ソリス・アレクサンドロ。考え事をしながらでも私の話は聞いていただろう？　他《ほか》のボンクラどもならともかく、貴様にならそれが出来るだろう？　なあ、私が愛するソリス・

アレクサンドロ」

白磁のような細い足をわざと下着が見えるように机の上で組み直しながら、挑発的に。絹のような金髪を指で弄《もてあそ》び、緋色《ひいろ》の右眼と青色の左眼でソリスを見据え、薄笑い。

「聞いてましたよ。遺跡の調査でしょう？」

ソリスはさらりと答える。マフィアの首領《ドン》じみたシェンファの態度に威圧感《プレッシャー》を感じるなんてことは、まったくない。

………………葉巻の代わりにキャンディーを咥《くわ》えた、身長一三〇センチ未満、どう見ても十歳前後にしか見えない可愛《かわい》らしい**幼女**に、どうやって威圧感を感じろというのか。挑戦する気が起きないというのもこれが理由。こんな**幼女**を目の上のたんこぶだと敵視するのはちょっと人として駄目だと思う。

「ふふん、流石《さすが》だなソリス・アレクサンドロ。もし聞いてなかったら罰としてこの場で私のパンツを使って自慰行為をさせようと思っていたのに、実に残念だよ」

「……なんで会長はその見た目でそんなに腹黒いんですか……」

呆《あき》れるソリスにシェンファは笑う。

「この見た目だからこそ、だよ。可憐《かれん》な幼女なのに性格はアダルト。このギャップに男達《たち》は萌《も》えるのだ。萌えるだろう？」

「いえべつに」

「……即答か。即答ですか。この私にこれほどの恥辱を与えたのは貴様が初めてだよソリス・アレクサンドロ。羞恥《しゅうち》プレイですかこのド変態め。だが、私のことを好きになったらいつだってそう言うがいいソリス・アレクサンドロ。私の方は貴様にゾッコンラブだからな。いつでも準備は出来ているぞ」

三ヶ月ほど前、いきなり「私は貴様を愛しているから貴様は私の部下になれ」などと意味不明なことをのたまい、嫌がるソリスを無理矢理生徒会副会長に立候補させた強引な少女は、妖艶《ようえん》に笑った。ペロペロとキャンディーを舐《な》めながら。

「何の準備なんだか……」

幼女の妄言に苦笑しつつ、先ほど彼女に告げられたことを整理。

学院からほど近い場所にある遺跡の一つで、怪物の呻《うめ》き声のようなものを聞いたという報告が複数／危険なモンスターが住み着いたとしたら厄介／お前たち三人で明日にでも調査に向かえ／明日は休日だが、生徒会役員に休みはないのだ。**私以外。**

カドゥケウス市＝トリスメギストスを筆頭に、十以上の学校が存在する学園都市。

学生による自治の気風が強く、評判の悪い教師を追放する権限さえ持つ反面、トラブルも基本的に学生達で片付けなくてはならない。

……特に生徒会執行部は絶大な権力を持つと同時に、超忙しい。

（……『遺跡から呻き声』か……。…………やだなあ……）

薄暗くてじめじめした場所は苦手だ。何故《なぜ》ならお化けが出そうで怖い。『出そう』で済むのならまだマシだが、戦争で滅亡した都市だとか、古代王朝の王族の墓だとか、実際によく『出る』場所もままあるし。

「……遺跡調査委員会に任せるのはダメなんですか？」

駄目もとでシェンファに尋ねる。

「愚問だなソリス・アレクサンドロ。気軽にこき使える優秀な手駒《てごま》があるのに、わざわざめんどくさい手続きをして委員会を動かすこともなかろう」

「……あまり気軽にこき使われては困るのですけれど」

キャロルのきわめてまっとうな抗議は、やはり会長に無視された。

†

会議のあと、いつものように生徒会メンバーは各々の事務を始める。

それを途中で切り上げ、ソリスは生徒会室を退出。

生徒会室のある中央棟を出て、広大な学院の敷地内を西進。第四校舎へ。

他《ほか》の建物から切り離されたようにぽつりと建っている、薄汚れた校舎。

建物の周囲は死体が転がっていても気付かないほどに雑草で荒れ放題。

煉瓦《れんが》の壁を蔦《つた》が狂ったように浸食。あちこちの窓が割れている。

どこぞの宮殿と見間違うような華やかなデザインの校舎が多い学院にあって、『ここは邪悪な魔法使いの根城です』と全力で主張しているかのような建造物。

正直言って近寄りたくもないのだが、意を決してソリスはそこに足を踏み入れる。

入り口の錆《さ》び付《つ》いたプレートにはこう書かれている。

『死霊術科《しりょうじゅつか》』と。

死霊術《ネクロマンシー》＝動物や人間の死体や骨に魔力を注いで使役したり、死してなお現世を彷徨《さまよ》っている亡霊を召喚したりと、中世以前における魔法に対する一般的な認識――『よく解《わか》らない怪しげな術』という印象を色濃く残す魔法大系。

ソリスの実家は、稀代《きたい》の死霊術師デューマを先祖に持つ死霊術の大家《たいか》である。

自分で言うのもアレだが、その直系の一人息子が死霊術を捨てたことは、死霊術界にとって大きな損失だろう。

（……頭では解ってるんだよ。でも、駄目なものは駄目なんだ）

死霊術科の校舎に足を踏み入れた瞬間、空気が変わった。

術に使用する動物の死体や生肉の臭《にお》いを消すために『消臭』の魔法が校舎全体に掛けら

れているのだが、それでも空気自体の淀《よど》みを消すことは出来ない。
黄昏時《たそがれどき》の、血に染まったような廊下。
壁や床のところどころに付着した、黒ずんだ緑や赤——本物の血の痕《あと》。
床を踏みしめるたび、キィキィと蝙蝠《こうもり》が鳴くような音が鳴る。
ソリス以外の足音もある。気配もする。こちらを覗《うかが》うような視線も感じる。
……それなのに、人間の姿は見当たらない。
(こ、怖すぎる……！　怖すぎるぞこの校舎……！)
頬《ほお》を引きつらせながらソリスは歩く。
勇気を振り絞って視線を感じた方を振り返ってみれば、教室の中へ引っ込む黒い影。
死霊術《しりょうじゅつ》科の制服《ローブ》——生徒だろう。何故《なぜ》隠れる。
……それから微《かす》かに聞こえてくる囁《ささや》き声。
……ヒソヒソ……ヒソヒソ……
……精霊魔法科の生徒が何の用だろう……
……生きたニンゲンが何の用だろう……
(……いやいや、お前らだって生きた人間だろうに！　……そう、だよな？)
頬を冷や汗が伝う。
……知ってる……あいつ知ってるよ……

………アレクサンドロだ……デューマの血族が来た…………

…………くくく……くっくっくっ…………

（な、なんなんだよここは⁉　ほんとに学院の中なのか⁉）

いつも活気に溢《あふ》れている精霊魔法科とは大違い。

建物の外観が個性的なだけで、生徒自体は自分達《たち》とそんなに変わらないごく普通の学生だと思っていたのに。

（あ、甘かった……！）

ソリス自然に早足になる。

目的地は死霊術科の図書室。

死霊術によってスケルトンとなったマシロをもとの姿に戻す方法があるとすれば、一番可能性が高いのは同じ死霊術の筈《はず》。

（……しかしよく考えると、この校舎の図書室ってどこだ？　精霊魔法科と同じで最上階の突き当たりでいいのか？）

他《ほか》の生徒に聞いてみるのが手っ取り早いと判断し、周囲を見渡そうとした、そのとき。

「わっ！」

声とともに後ろからいきなり背中を押され、心臓が飛び出るくらい驚いた。

（────ッ⁉）

振り返ると、立っていたのはこの校舎には不似合いな、ローブを大きくカットして腕や足を大胆に露出させた華やかな容姿の少女と、まさに昔の魔法使いのイメージそのまんまな黒いローブを纏《まと》う黒髪黒目の地味な少女。

メイ・フラメルとヒカリ・ヒストリカ。

「わあ、さっすが先パイ、驚かそうと思ったのに全然驚いてませんねーっ」

アホ毛をぴこぴこさせながら、太陽のような笑顔でメイが言った。

（……驚いてないんじゃない）

驚きすぎて声も出ず、表情が変わる余裕すらなく硬直してしまっただけだ。

「メ、メイちゃん……！　せんぱいになんて失礼な……すみませんすみませんせんぱい、私がついていながらメイちゃんがとんでもないことをして全《すべ》ては私の責任なんです私が何もかも悪いんです私がノロマで無能なカメだからダメなんです私がボンクラだから悪いんです**私が生きてるのがいけないんです！**　こうなったら死んでお詫《わ》びを！」

「えいっ」

いつものように自分で自分の首を絞めようとしたヒカリの腹に、メイがボディブロウを打ち込む。

「ぐぇ……っ！　……い、痛いよメイちゃん……」

前回のように一撃で気絶せず、涙目になって抗議するヒカリ。

「……俺《おれ》は別に怒ってないから、気にしなくていいよ」

どうにか心を落ち着かせ、ようやく声を出すことに成功。

「さすがソリス先パイっ、優しいですね！　大好きっ！　きゃーー告白しちゃった告白しちゃった！　ところでところでソリス先パイ、今日はまたどうして死霊術科《しりょうじゅつか》に!?　ま、まさかわたしに会いに!?」

「違う」

瞳《ひとみ》をキラキラさせるメイの言葉を即否定。

「と、とととということはま、まままままさか、わ、わわわ私に何かご用でしょうかせんぱい!?」

今度はヒカリがオドオドしながら言う。「違う」とまたも否定。

だが、

（……そういえばこの二人って、死霊術科の一年生の中では飛び抜けて優秀なんだよな）

いかに優秀だったとはいえソリスは十一歳で死霊術をやめてしまったから、今の自分よりはこの二人の方が詳しいだろう。

「でもまあちょうど良かった。ちょっと君たちに聞きたいことがあるんだ」

「聞きたいことですかっ!?　ソリス先パイにならなんだって教えちゃいますっ、スリーサイズですか？　下着の色ですか⁉　好きな食べ物ですか⁉　**好きなゾンビの腐り具合ですか⁉**　好きな人ですか⁉　いやんもう先パイってばわかってるクセに！」

「あ、わ、わ、私が好きな人も勿論《もちろん》せんぱ――」

「スケルトンを人間にする方法って、心当たりないかな？」

人の話を聞かない後輩二人組の言葉を遮りつつ尋ねた。

「へ？」「え？」

二人が同時にきょとんとした顔をする。

数秒後、

「も、もしかして……も、もしかして……！」

メイが、さっきよりもさらに目を輝かせ期待に胸膨らませた、まるで恋する乙女のような実にイイ表情で、

「もしかして先パイ、また死霊術《しりょうじゅつ》の世界に戻ってきてくれるんですかあ⁉」

ソリス＝死霊術の名門アレクサンドロ家の嫡男。かつては神童と名を馳《は》せ、死霊術界で

は割と有名人。死霊術界でしか有名じゃない超ローカルな神童。

　メイ・フラメル＝アレクサンドロ家ほど有名ではないが、先祖代々死霊術師という家柄の娘。ソリスという名の神童の噂《うわさ》を聞き、会ったこともないのに彼にフォーリンラブ。憧《あこが》れの神童様が入学したことを知り、翌年彼を追いかけてトリス魔道学院に入学。ソリスが入ったのが死霊術科ではなく精霊魔法科だと知って激しく落ち込み、一時期グレてしまったという痛々しい過去あり。

　そんな彼女にソリスからスケルトンの話題なんて出せば、こういう反応をするのは必定だった。

　余計な期待をさせてしまって悪いなとは思いつつ、しかしハッキリと否定。

「悪いけど違う。ただ、ちょっと調べたいことがあってね」

「そう、ですか」

　露骨にしょんぼりする。普段明るい分、落差が激しい。

「スケルトンを人間にする方法、ですか？」

　助け船を出すように、ヒカリ。

「ああ。俺《おれ》の死霊術の知識は五年前にストップしてるからな。何か新しい術が開発されたとか、そういうのがあれば教えてほしい」

「うーん……」

ヒカリが首をひねる。

「……基本的に死霊術《しりょうじゅつ》って、骨や死体を『道具』として使う魔法ですから……。『その骨や死体の主が生きていた頃《ころ》の状態』と『骨や死体そのもの』とは、完全に分離して考えるのが大前提なんです。だから『スケルトンを生きていた頃の状態に戻す』というのは全然分野が違うというか……」

「そうそうっ！」

メイが復活。

「よく死霊術のことを『生命を弄《もてあそ》ぶ術だ』なんて批判する人がいますけど、あれは生命と物体を切り離せない極めて前時代的で非合理的な発言だと思います！　魔法が一部の特権階級によって秘匿され選ばれし者にのみ許された神秘として権力維持の道具にされていた天地戦争前の世界じゃあるまいし、現代の魔法使いは論理的かつ合理的であるべきなんです。そして死霊術こそが、思考の合理化を徹底的に突き詰めた、現代魔法界でもっとも先進的な魔法体系だと言っても過言ではないでしょう！　というわけでどうですかソリス先パイももう一度このステキな死霊術の世界に――」

「却下だ」

「……先パイのいけず。でもそういうクールなトコも好・き」

可愛《かわい》く唇を尖《とが》らせるメイ。

ヒカリが話を再開。

「……えーと、例えば『どれだけ複雑な命令をこなせるようにするか』という擬似知能の技術なら、五年前に比べて随分進歩してるんですけど……元の状態に戻す——要するに『生き返らせる』という発想自体がそもそも現代死霊術とは相容《あいい》れないもので……ってすみませんすみませんこんなことせんぱいなら御存知ですよねせんぱいに向かって私みたいなゴミ虫が偉そうに講釈を垂れるだなんて身の程知らずにもほどがありました神に向かって唾《つば》を吐くにも等しいこの賤《いや》しいメスブタめの愚挙をお許し下さい！　え？　許さない？　分かりました死にます！」

「あ、いやいやありがとう、とても参考になったよ」

今にも窓から飛び降りそうな勢いのヒカリにフォロー。そして、

「ところで五年前と比べて随分進歩してるっていう擬似知能だけど……例えば、まるで生きている人間みたいに自分で考えたり、既に死んだとある人間の記憶をそのまま受け継いでるように見せかけたり……ってのは、どうなのかな？　可能、なのかな？」

「さすがに無理ですよ先パイ」「無理だと思いますせんぱい」

二人して即答。

……この二人が言うからには、本当に無理なのだろう。

（だとすると、あのマシロちゃんは死霊術とは無関係……？）

「そうですねー、人間と遜色《そんしょく》ない思考が出来る擬似知能が完成するには、少なくともあと百年くらいはかかるんじゃないですかねー。『賢者の石』でもあれば別ですけど」

冗談めかして、メイ。

賢者の石＝三百年前の天地戦争のおり、アメッチ王国の魔王が使ったという強力な魔石の名。天候を自在に操ったり死者を甦《よみがえ》らせたりと、通常の魔法では考えられないような奇《き》蹟《せき》を顕見させる力を持っていたとされる。魔王との最終決戦の際、ヘルメス王国の大魔導師ルザルカ達《たち》の手によって砕かれ、その正体が何であったのか今では知る術《すべ》もなく、今ではその実在すら疑う人間も多い。ただ、魔王——アメッチ王国伽藍《がらん》朝十四代国王トワ・エターニアが人間離れした魔法を操れたというのは歴史的事実。

(……『賢者の石』、ねえ……。まあ、お伽噺《とぎばなし》とまでは行かないまでも、昔話だな)

天地戦争。魔王。三百年という歳月。

神話とするには短いが、かといって実感を伴って認識するには長すぎる。

ヒカリやマシロ、それにソリス自身もアメッチ系の血統だが、かつてヘルメスとアメッチが戦争をしていたという事実さえ忘れがちだ。

歴史が現在の平和を脅かす火種になるのなら、そんな歴史は忘れてしまっても構わないとソリスは思う。

いかにも魔道士らしい合理的な思考。

それでいて、マシロとの思い出をいつまでも引きずって言い寄ってくる女の子達《たち》を問答無用で拒絶したり、彼女の遺品のリボンを後生大事に持っていたりするあたり、自分は中途半端だなとも思った。

†

後輩二人と別れたあと死霊術科《しりようじゆつ》の図書室で何冊か本を借り、アパートに戻った。

部屋の扉を開けるとき、もしかしたら今朝のことは全《すべ》て夢で、マシロを人間に戻すという決意も借りてきた本も全て無駄だったのではないかという思いが頭をよぎる。

しかしそれはあっさり否定される。

部屋の中にはちゃんと骨がいた。

カードゲームやチェスのコマ、パズルなどが床に散らばっている。ソリスが持っている数少ない遊び道具で、たまにアパートの連中とやる。

どうやらマシロ、それらで退屈を紛らわしていたらしい。

……容易に想像がつく。

新しい遊び道具をベッドの下から引っ張り出してきてはすぐに飽き、また新しいものを取り出しては飽き、全部やったら最初に出したものを。

基本的に頭を使うゲームばかりなので、マシロが一人で時間を潰《つぶ》すには向かなかっただろう。少し申し訳なく思う。

ソリスの姿を確認すると、マシロはいかにも嬉《うれ》しそうにソリスのもとに寄ってくる。

（うう、やっぱり怖い……！）

これはマシロちゃんだ、幼なじみのマシロちゃんなのだと思おうにも、やはりここまで完璧《かんぺき》に白骨死体だと、視覚的な恐怖の方が先に立つ。

マシロが例によってクセのある字をノートに書く。サラサラと。

【おかえりなさい、ソリスくん】

…………。

「……た、ただいま」

じんわりと、胸の奥が熱くなるような気分。

……かつて夢想したことがある。

マシロと自分が結婚していて、家に帰った大人の自分を大人のマシロが迎える。

——おかえりなさい、ソリスくん。

——ただいま。

……絶対に叶《かな》うことのない筈《はず》だった——幸せな幻想《ユメ》。

マシロ、続けてサラサラと何かを書く。

（…………？）

かくんと小首を傾《かし》げながらノートを向ける。

【ご飯にしますか？　お風呂《ふろ》にしますか？　それともわ・た・し？】

…………雰囲気ぶち壊しだった。

†

夜。いつものようにソリスは勉強に励む。

ベッドの上でガイコツが寝そべって本（さっきマシロの暇つぶしのためにアパートに住む学生から借りてきた娯楽小説）を読んでいるという割とクリティカルな異常を除けば、普段と変わらない光景。

静寂。マシロが本のページをめくる音が妙に響く。

（……集中できるわけがない）

それに、勉強より今はもっと大事なことがある。

人間に戻すと決めた。ならばまずは、しっかり彼女と向き合わないと。

「あの、さ、マシロちゃん」

マシロの方を向き、あまり面白くなさそうに白い足をぱたぱたやりながら本を読んでいた彼女に声をかける。

どことなく嬉《うれ》しそうにマシロが顔を上げ、空洞の眼窩《がんか》でソリスを見る。

「……ゲームでもする？」

マシロ、がっくんがっくんと頭蓋骨《ずがいこつ》を激しく揺らした。

そのあと、少し考えるように停止。

【お勉強はいいのですか？】

いっぱしの気遣いに苦笑。

「こう見えても成績優秀だからね。一日くらいサボっても問題ないんだ」

【ソリスくん、昔から頭よかったですよね】

マシロ、机の上に視線を向ける。

授業のノート、参考書、辞書、積まれている今日借りてきた死霊術《しりょうじゅつ》の本（開いたら一ページ目からおどろおどろしい挿絵があったので、せめて明るいときに読もうと思ってすぐにページを閉じた）。

何も知らないマシロは言う。

【難しそうな本がいっぱい。これなら夢が叶《かな》う日も遠くないですね】

†

……迷った末、ゲームは双六《すごろく》を選択。

双六＝アメツチ王国で古くから親しまれてきた遊び。ダイスを振って出た目の数だけ進み、先にゴールまで進んだ方が勝ち。

チェスや将棋だとソリスの方が圧倒的に強い（性格的にマシロは頭を使う遊びが合わないらしい。頭の回転自体は速いのに）ので、純粋に運が問われるゲームを選んだ。

選択は間違っていなかったようでマシロ、いい目が出るたびにカタカタと歯を鳴らし全身で喜びを表現し、悪いマスに止まるたびに大きくうなだれる。

生きていた頃《ころ》の彼女そのままのリアクション。

天真爛漫《てんしんらんまん》、という言葉が似合う。

天真爛漫な、白骨死体。

嬉《うれ》しいような、切ないような気分。

ゲームも終盤に差しかかったところで、

「ところでマシロちゃん」

　聴くべきことを、訊《き》く。

「どうして甦《よみがえ》ったのか、自分で解《わか》るかな？」

　マシロ、ダイスを転がす直前で動きを止め、数秒。

　転がしてコマを４マス進めてから、ペンとノートで筆談。

【わかりません。気がついたら自分のお墓の前に立っていました】

「気付いたら、か……。自分を現世に呼び戻したのが誰《だれ》なのかも解らない？」

【あ、それはソリスくんです】

　即答。

「……なんでそんなことが解るんだ？　俺《おれ》、レンデアには四年以上帰ってないんだけど。

マシロちゃんの墓だって葬式の日にしか……」

　……正確には、葬式のときと、葬式の日の深夜の二度。

【なんとなく、感じるんです】

（なんとなく、ねえ……）

「……そういえば、どうして俺の居場所が分かったんだ？　俺の実家で聞いたのか？」

　ふるふると首を回転させる。

【こっちにソリス君がいるって、なんとなく分かったんです】

……またしても、なんとなく。

スケルトンに限らず、他《ほか》の人間に作られた存在は自分を作った人間の魔力を感じ取ることが可能で、それによって主《あるじ》を識別する。マシロがソリスの魔力を感じ取れるのなら、やはり彼女をスケルトンにしたのはソリスで間違いないのだろう。

とはいえ、レンデアの町からカドゥケウス市までは大陸鉄道でも丸一日、徒歩なら一週間はかかる距離。そこまで離れていても存在を感じ取るというのは半端ではない。

理屈は不明。

しかし原因（ソリスの術）→結果（骨になったマシロ）は、百パーセント確定ではないものの、ここはあえて断定。

俺《おれ》のせいだ、と。

だから。

もう一つの聴くべきことを、逃げないで訊《き》く。

「——俺のこと、恨んでる？」

【？】

恐る恐る、しかしハッキリと、マシロの顔をしっかりと見据えて、ソリスは尋ねた。

首を傾《かし》げながらマシロはノートに大きな疑問符《クエスチヨン》。

「いや、だからその……マシロちゃんをそんな姿にしてしまったことを……」

【どうして恨むんですか？】

……本気でそれを疑問に思っているのか、それともソリスに対する気遣いなのか、文字だけでは判別不能。

（マシロちゃんの表情が知りたい……声色が知りたい……）

矛盾。

表情や声を失ったことについて自分を恨んでいるかを尋ねているのに。

文字だけの言葉がどれだけ頼りないものなのか痛感。

ニュアンスが判《わか》らない。感情が解《わか》らない。本心が分からない。

昔のマシロと同じように振る舞っているのは上辺だけで、心の中では自分のことを憎悪しているのではないか……そう考えるととても怖い。

【あのですね、ソリスくん】

まるでソリスの内心を読み取ったように、マシロは続けた。

【わたし、ソリスくんにもう一度会えて、本当に、本当に嬉《うれ》しいんですよ】

「……本当に？」

不安げに尋ねるソリスに、マシロ頷《うなず》く。

【はい】

「で、でもそんな姿に……」

【ソリス君に会えたことに比べたら、ガイコツになったことなんて何でもありませんよ。それにわたし、昔からガイコツって結構好きなんです。なんか可愛《かわい》くないですか?】

「そりゃたしかに、マシロちゃんのガイコツ好きは覚えてるけど……」

昔ソリスの実家の倉庫に二人して忍び込んだとき、中にあった動物や人間の骨を怖がることなく、興味深そうに見ていたことを思い出す。

【ソリスくん】

「は、はい」

【わたしは全然、ソリスくんのことを恨んでなんかいません。それともソリスくん、わたしの言うことが信じられませんか?】

「そ、そんなことはない! そんなことはない、けど……」

慌てて首を振るソリスに、マシロはくすっと笑った……ような気がした。

表情も声も、言葉すらなかったのに通じた——そんな気がした。

マシロが新しいページを開き、一際大きく力強い文字を書く。

【ソリスくん、生き返らせてくれてありがとう!】

第Ⅲ章

翌日、安息日。

学院から徒歩で二時間ほど。

学園都市カドゥケウス郊外にある遺跡群。

そのうちの一つ、例の『怪物の呻《うめ》き声のようなものが聞こえた』と報告があった遺跡の入り口に、ソリス、キャロル、アイザックの三人は来ていた。

服装は全員制服。軽い防御魔法がかけられ通気性や耐久性にも優れているので、普段の学校生活以外の場でこそ真価を発揮する。

市の周辺には、薬の調合や魔法の研究に使うための動植物、鉱石などを手に入れるのに適した山、森、河、洞窟《どうくつ》などが多くある。というか、そういう場所を選んで学園都市は作られた。

そんな豊かな土地だからか、ヘルメス王国建国以前にも先住民が住んでいて、彼らの遺《のこ》した遺跡が数多く存在する。

天地戦争より遥《はる》か昔、二千年以上も前に姿を消した大陸の先住民――『鬼』と呼ばれる古代人達《たち》。一説には現在の人間よりも魔法に長《た》けていたとされ、その痕跡《こんせき》は高度な技術で造られた建造物にも窺《うかが》える。

「まったく……会長の人使いの荒さには困ったものですわね」

キャロルがぼやく。

「同意だ」

ソリス頷《うなず》き、遺跡の方に目をやる。

苔《こけ》が繁茂を極める石造りの遺跡、狭い入り口、広がる暗闇《くらやみ》、昼間だというのに入り口からはほとんど中の様子が覗《うかが》えない。

……なんというか、いかにも出そう。

「だが、パラケルスス殿は連日、某《それがし》達《たち》よりも遥《はる》かに大量の仕事をこなしている。文句は言えまい」

淡々と、アイザックがシェンファをフォロー。

「……それも同意」

「……ですわね。不本意ながら」

生徒会長の毎日の仕事量は、ソリス達三人の仕事を合わせたくらいある。それをいつもソリス達より短時間で終わらせているのだから化け物だ。

「愚痴っていても仕方ありませんわね。とりあえず中に入ってみましょう」

言うが早いか、キャロルが杖《つえ》の先端に金色に輝く魔石をセット。

意識を集中し、杖に魔力を注ぎ込む。石が光を放ち始め、呪文《じゅもん》詠唱を開始。

「――彷徨《サマヨ》える迷子《マイゴ》／lost child／はぐれた子供／stray cat／どうか道標《ドウヒョウ》を／このままではもう歩けないから／迷う迷う埋仔《マイゴ》／今は誰《ダレ》も／見えない／導きを与えよ！」

声と同時に、ふわふわと、蛍のような光の球が無数にキャロルの周囲に出現。

遺跡の闇《やみ》に光が降り注ぐ。

光精霊《ウイスプ》のランクＤ、『照明光《ライティング》』。

光精霊＝小さな光の球を構成する、さらに小さな粒子の一つ一つ。

精霊魔法＝火精霊《サラマンダー》、水精霊《ウインディーネ》、土精霊《ノーム》、風精霊《シルフ》、光精霊《ウイスプ》、闇精霊《シェイド》の六大元素精霊を呼び出して様々な現象を引き起こす魔法系統。

魔法＝現世と重なり合うように存在する無数の異世界の法則をこちら側に呼び込むための技術の総称。

呪文＝魔力を乗せた上位言語で世界に働きかけ、異界への門を開かせる式。

魔石＝触媒。誘蛾灯《ゆうがとう》のように、接続された異界を呼び込むための目印。異界に『ここはあなたの世界と同じものですよ』と錯覚させるための疑似餌《ルアー》。異界によって必要な触媒（鉱石、植物など）は異なる。その異界に存在する物質と似た（『似る』にも色々あるがここでは割愛）物質を使用。

……以上、初等部二年の参考書『アホにでもわかる魔法辞典』より適当に抜粋（※生徒達《たち》から全然わかんねえよアホと大不評のため来年度からは採用見送りが決定済み）。

「さ、行きますわよ」

光球を従えたキャロルが先頭に立ち、迷うことなく遺跡へと足を踏み入れる。

ソリスとアイザックがそれに続……かない。

ソリスの前を歩くアイザックが、不意に入り口の直前で足を止めた。

「どうした？」「どうしましたの？」

「…………」

アイザック無言で足下の石を拾い、それを近くの岩場へと投擲《とうてき》。

岩と石のぶつかる音《カンッ！》。

その直後、動揺の気配と同時に岩陰から物音。

カラカラという軽やかな、まるで……そうまるで、骨が動くような。

（…………まさか）

ソリス予感――一秒後、予感的中。

いやーバレちゃいましたかすいません……みたいな様子で岩陰から出てきた、真っ白な骸骨《がいこつ》。紐《ひも》の付いたノートとペンを首からぶら下げている。自分で紐を付けたのだろうか。

頭には大きな黒いリボン――彼女の形見（という表現が適切なのかよく判《わか》らない）。

リボンを結ぶことも出来るらしい。骨のくせに器用なものだ。

（……よそ行きファッションのつもりか？）

どう反応していいものやら困る。

「スケルトン……！」

キャロルが警戒の色を浮かべ杖《つえ》を構える。

アイザックが一歩踏み出す。

「……学院のあたりから某《それがし》らを尾行していた。敵意は感じられぬので捨て置いたが」

……気付いていたならもっと早く言ってくれよと思う。

物陰にコソコソ隠れて自分を尾行する骸骨の姿はさぞかし人目を引いたことだろう。

……気付かなかった自分もアレだが。

「……野良スケルトンかしら？　リボンなんてしていますけれど……となると主人を失ったはぐれ《ストレイ》？　……はっ、まさかこの遺跡に住み着いた怪物というのは！」

「いや違う違う！」

今にもマシロに攻撃魔法を放ちそうだったキャロルを慌てて止める。

「違うって……ソリス様、そのスケルトンを知っていますの？」

キャロル怪訝《けげん》そうな顔をしながらも杖をおろす。

「……まあ、知ってるといえば知ってるというか……」

どう説明していいか迷っていると、マシロがちょこちょことやってきた。

再び警戒するキャロルの前でマシロ、ぶら下げたノートにサラサラとペンで文字を書きはじめる。

「む……？」「ス、スケルトンが……字を……!?」

アイザックとキャロルが驚く。

マシロ、書いたページをこちらに向ける。

【はじめまして。わたしはマシロ・アナスタシアといいます。ソリスくんのところでお世話になっています。よろしくおねがいします】

礼儀正しく深々とお辞儀。

「……む。で、あるか」

「はあ、それはどうも……ご丁寧に」

つられるように二人もお辞儀。それからソリスとマシロを交互に見比べる。

「……まあ、そういうことだから」

見られてしまったものは仕方がないと、ソリス開き直る。

「了解であるアレクサンドロ」

「何がそういうことなんですのソリス様!?　ちゃんと説明していただけますか!?」

アイザックは無表情で頷《うなず》いてくれたが、やっぱりキャロルは納得してくれなかった。

†

マシロは一見スケルトンに見えるが実はスケルトンではなくソリスが先日召喚魔法を試してみたら出てきた魔物で、自分の意思で行動しているのもそのためである。喚《よ》びだしておいてすぐに送還するのは失礼だから、彼女には使い魔として自分の身の回りの世話をしてもらっている。

………………ということにした。

「だからその……マシロのことは内緒にしていてくれないか」

召喚魔法＝竜や悪魔といった異界生物を現世に喚び出す高度な魔法。喚び出された存在は死霊術《しりょうじゅつ》や精霊魔法のように術者に絶対服従するわけではないため、契約に失敗すれば術者が殺されてしまうこともある。

校則では、召喚魔法を実行する際には教師の立ち会いが義務づけられており、違反者は基本的に退学。

……正直、この嘘《うそ》は賭《か》けだ。

キャロルとアイザックが見逃してくれなければ、召喚魔法の単独使用でソリスは退学。

そもそも精霊魔法科のソリスが『まるで人間のように意思を持ってコミュニケーションがとれる魔物』などという高度な存在の召喚に成功すること自体、常識的に考えるとかなり厳しい。

しかしそれでも、『五年前にやった反魂の術のせいで、幼なじみが今頃《いまごろ》になってスケルトンとして復活した』よりは信憑性《しんぴょうせい》があると思う。

「……さすがソリス様ですわね。校則違反についてはあまり感心しませんけれど……魔法に対する飽くなき探求心、わたくし、感服いたしましたわ」

キャロルは意外とあっさり見逃してくれた。信じてくれた。

「ふむ……さすがであるな、アレクサンドロ」

淡々とアイザック。こちらも校則云々《うんぬん》を言う気はないらしい。

「たしかによく見ると普通の……あのゾンビ娘が作るような汚らわしいアンデッドとは違って、マシロさんには全身から滲《にじ》み出《で》る気品のようなものがございますわね。身体《からだ》も真っ白で美しいですし、なんというかそう、芸術作品のような趣があるというか。さすがわたくしのライバルです」

うんうんと頷《うなず》くキャロル。

「……では遺跡の調査を始めるか。カリオストロ、もう一度照明を頼む」

「解《わか》りましたわ」

キャロルが『照明光《ライティング》』の詠唱を開始。

と、不意にマシロがソリスの服の裾《すそ》を引っ張った。

「なに？」

マシロ、いつものように筆述を開始。

軽く首が揺れていて、鼻歌でも聞こえてきそうな雰囲気。妙に上機嫌。

ノートを向ける。

【さっきソリスくん、マシロって呼んでくれました】

「……あ、ああ。そうだな」

召喚した魔物（という設定）を『ちゃん』付けで呼んでいるとなれば、これまで築いてきたソリスのイメージは一気に瓦解《がかい》だ。

【いつのまにソリスくんは、わたしのことを呼び捨てに出来るようになったんですか？

カレシ気取りですか？】

「……う」

言葉に詰まり、なんとなく赤面。

【冗談ですよ（笑）】

「……？」

【なんか嬉《うれ》しかったです。呼び捨て。えへへ（照笑）】

「そ、そうか」

改めて言われるとなんか恥ずかしい。

【だからこれからも呼んでください。マシロって】

……むずがゆい会話。

まるで……恋人みたいな。甘酸っぱい。

その思考を慌てて脳から追い払い、ソリス。

「解《わか》ったよマシロちゃ………マ、マシロ」

マシロはカタカタと歯を鳴らし、幼い少女のように小躍りして喜びを表現した。

†

……ソリス達《たち》が遺跡の中へと姿を消したあと。

マシロが隠れていた岩陰のさらに後方の岩場から、二人の人間が姿を現した。

一人は中肉中背、三十代後半くらいの男。

くすんだ色をしたよれよれのコート、小汚いソフト帽、咥《くわ》え煙草。探偵小説の主人公のような渋さを出そうとして見事に失敗しているような、微妙な**駄目オーラ**。

男の手には金属製のロッド——先端には黒い魔石。安っぽい魔法杖《ウィザーズロッド》。

もう一人は、十歳になるかならないかという幼い少女。

髑髏《どくろ》を模した髪留めでツーテールにした灰色の髪。瞳《ひとみ》の色も灰色。どことなく眠そうな無表情。濃い紫色のローブ、先端に小動物の頭蓋骨《ずがいこつ》が付いた杖《つえ》——魔道士風の格好。

アンバランスな二人組。中年と幼女で微妙に犯罪チック。

「ふう……、どうやら行ったみたいだな」

くたびれた雰囲気の男が言う。

少女は無表情のまま、

「……そもそも、どうして隠れる必要があったのでしょう。私達はただ、依頼を受けて遺跡を調べに来ただけだというのに。彼らは偶然かち合ってしまっただけの普通の学生でしょう。顔を合わせて困る相手とも思えません」

「……そういやそうだな。この俺《おれ》としたことが」

「人の気配を感じたら反射的にコソコソと隠れる……まるで薄汚いゴキブリのような習性ですね。これからは人間ゴキブリ科ロジャーと呼んでもいいですか」

「いいわけねえだろ」

駄目なおっさん——ロジャーは半眼で呻《うめ》く。

「では怪奇ゴキブリ人間ロジャーで」

「やめてくれ……」

うなだれ、

「……ニカ。冷静に考えるんだ。遺跡といやあ凶悪なトラップやモンスターがつきものだろ。その露払いをあいつらにやらせるんだ。最小限の労力で結果を出す。それがプロの事件屋ってモンだぜ。どうだ、実にクールだろう」

「ずるい大人です。実にクズですね」

ニカと呼ばれた少女は容赦ない。

「やはりこれからはハルゲニゴーランデスボーデヲンクロイロイモムシ人間ロジャーと呼びましょう」

「ハルニゲ……なんだって？」

「ハルゲニゴーランデスボーデヲンクロイロイモムシ。三ヶ月ほど前に新大陸のジャングルで発見されたという、巨大ゴキブリの幼虫に寄生してその肉を食べて育つ芋虫です」

「よりによってゴキブリに寄生する寄生虫扱いかよ!?」

「我ながら実に適切な表現だと思います。褒めてください。特別に私の頭をなでなですることを許可しますよ」

げんこつ《ゴン》。

「…………いたいけな女の子に暴力を振るうなんて、まったく大人げない駄目なおっさんですね。芋虫みたいにむごたらしく潰《つぶ》れて死ねばいいのに」

ニカ無表情で毒を吐く。しかし目には微妙に涙。

「……なんでもいいからさっさと行くぜ。どうせここもハズレだとは思うが、もしもガキどもが『欠片《フラグメント》』を見つけちまったらめんどくせえ」

「解《わか》りました。しかしロジャー。その前に」

「んあ？」

「あなたごとき駄目なおっさんに頭を殴られ、私は大きな精神的苦痛を受けました。被告人ロジャー・アランカルは、被害者であるこの私ゲルニカ・バーンフィールドに対して慰謝料三百億サクルを支払ってください。支払えない場合は頭をなでなでしながら『痛いの痛いのとんでけー』をしてください。拒否するなら死刑です」

「……ニカよう、どうしてお前はそうひねくれてるんだ」

深々とため息を吐き、ロジャーはゲルニカの頭を撫《な》でながら「痛いの痛いのとんでけー」と唱える。一瞬……ほんの一瞬だけ少女の表情が緩んだ。

「……ところでニカ。ちっと気になってることがあるんだが」

「……奇遇ですね。私も一つ気になっていたことが」

二人して顔を見合わせる。

「……あいつらと一緒に遺跡に入ってったスケルトン……なんつーか、妙に生き生きしてなかったか？　なんか人間の小娘みてえっつーか……。なんなんだアレは？」

「……スケルトン《アンデッド》に対して『生き生き』とは、さすがに愚民は言うことが違いますね。ロジャーほどの愚か者を私はこれまでみたことがありません。まさに奇跡のようなボンクラの中のボンクラ、キングオブクズ人げ——」

「…………」

「……もう言いませんから拳《こぶし》を下ろしてください。そんなに頻繁に殴られたら私はばかになってしまいます。ロジャー並の超低級腐り脳味噌《のうみそ》になってしまったらどうす——」

ごん。

†

殺風景な遺跡の中、光精霊《ウイスプ》の明かりだけを頼りに進む。

隊列はアイザック、キャロル、ソリス、マシロの順。

もう二十分ほど歩き続けているが、これといって異常はない。

暗いということを除けば、石造りの壁は二千年以上前の遺跡とは思えないほど劣化が少なく、土の地面もしっかりしていて歩きやすい。

通路の幅もそこそこ広く、今のところ一本道なので迷うこともない。

ここを含め学園都市付近の遺跡はあらかた調査の手が入っているから、有毒ガスやら命に関《かか》わるようなトラップがある危険性は低い。

「謎《なぞ》の怪物が棲《す》むダンジョンにしては、拍子抜けするくらい何もないいな」

った発言。
最初のうちは石ころが転がる音にすらビビっていたソリス、さすがに慣れてきて余裕ぶ

「そうですわねえ。風の音か何かを怪物の声と聞き間違えたのではないでしょうか」

「そんなところかもな。もう少し奥まで行って何もなかったら帰ろうか」

本当は今すぐにでも引き返したいところだが、それは堪える。

「……仮にもパラケルスス殿が調査の必要ありと判断されたのだ……油断は禁物である」

アイザックが釘《くぎ》を刺す。

「と、言いましてもねえ……。そもそも報告にあった『怪物の唸《うな》り声《ごえ》』というのは具体的にどんな声なのでしょう。一口に怪物と言っても色々ありますし……」

くいくい。

後ろからソリスの服の裾《すそ》が引っ張られた。

振り向くと、マシロがノートに文字を書いている。

……薄暗い通路に骸骨《がいこつ》という絵面はあまりにマッチしすぎていて怖い。トラップやモンスターより何より、マシロが怖い。

「……どうしたマシロちゃ……マシロ」

恐怖を悟られないよう、平静な声を作り尋ねる。

【何か変な感じがします】

「……変な感じ？」

【ムラムラします】

「ムラムラて」

そんなんされても困る。

【ムラムラと胸騒ぎがします】

「言葉の使い方が間違ってるよ！」

ソリスが思い切りツッコんだ、そのときだった。


オオオオオオウウウオオオオオオオオオウウウウウウ――――……………


「……風の音、ではありませんわね」

前方から響く、たしかに『怪物の唸《うな》り声《ごえ》』というのが相応《ふさわ》しいような……地獄の亡者の呻《うめ》き声のような、不気味な音。

アイザックが身構え、キャロルが杖《つえ》を握りしめる。

ソリス、思わず身震い。前方の闇《やみ》の奥に、何かいる。

深呼吸して激しく脈打つ心臓の鼓動を誤魔化し、杖に魔石をセット、詠唱開始。

キャロルが使っている『照明光《ライティング》』の範囲、光量をアレンジ、無数の光の球を前方に向かって放つ。

「……む……！」「きゃ……っ！」

アイザックが顔をしかめ、キャロルが小さく悲鳴を上げる。

そしてソリスの思考はほぼ停止。一瞬心臓も止まった気がする。

光に照らされたのは――……

スケルトンスケルトンスケルトンゾンビゾンビゾンビゾンビゾンビスケルトンスケルトンスケルトンスケルトンゾンビゾンビゾンビゾンビゾンビゾンビスケルトンスケルトンスケルトンスケルトンスケルトンスケルトンゾンビゾンビゾンビゾンビスケルトンゾンビスケルトンゾンビスケルトンゾンビスケルトンゾンビゾンビゾンビゾンビスケルトンゾンビゾンビゾンビスケルトンスケルトンスケルトンゾンビスケルトンスケルトン…………

無数のゾンビ、スケルトンの群れが通路を埋め尽くすかのように蠢《うごめ》く。

……人間の死体や骨だけでなく、巨大な犬や狼《おおかみ》、虎《とら》のような獣がゾンビ化、スケルトン化しているものも多い。

スケルトン――マシロのように綺麗《きれい》な白色ではなく薄汚れた骨。光魔法に照らされて陰影が作られホラー度倍増。

ゾンビ――グロい。スケルトンの比ではなくとにかくグロい。内臓、骨、たまに脳が飛び出ているものまでいる。生理的な嫌悪感。さらにそれが動いているという不条理感が見る者に強烈なインパクトを与える。

……今夜間違いなく夢に出てくるだろうと確信。

「……ふむ」

最初に行動したのはアイザック。冷静沈着、それでいて行動は迅速。

アンデッドの群れを視認するが早いか、抜剣。

刃渡り一メートルほどの両刃剣、刀身には呪文《じゅもん》が刻まれている。

「魔剣《朱雀《すざく》》――発動」

敵陣へと突進しながら静かに呟《つぶや》く。刻まれた文字が赤く輝き、刀身から赤々と燃えさかる炎が凄《すさ》まじい勢いで吹き出す！

アイザック＝魔法剣士科の年間主席＝近接戦闘ならトリス学院二年生の中で――それどころか全学年の中でも多分――**最強の男**。

炎の魔剣《朱雀》でもっとも近くにいたスケルトンを一刀両断。

次いでもう一体、さらにもう一体、次にゾンビを一体。

敵陣に吹き荒れる、風の如く目にも留まらぬ斬撃の嵐《インヴィジブル・エア》。

《朱雀》から吹き出した炎が近くにいたスケルトンに飛び火。瞬時に炎上、灰になる。

《朱雀》＝使用難度A。ほんの少し剣を振る角度が違えば自分が炎を浴びる危険な剣。

それをここまで使いこなせる人間など、そうはいない。

アンデッド達《たち》は次々に炎に包まれ屠《ほふ》られていく。

「……あいつ一人でも勝てそうだな」

アンデッド達を見ないようあさっての方向を向きソリスが呟くと、

「何を言っていますの！　わたくしたちも手伝いますわよ！」

怒ったようにキャロル。

敵を直視することさえ難しいのに、手伝うどころではない。

そんなソリスの事情などキャロルが知るわけもないし、知られるわけにもいかない。

どうするかと思案――〇・五秒で有効な手を思いつく。

まずは「ふう……」とわざとらしいため息。

「……なあキャロル。君はたかだか下級アンデッドの大群ごときに、三人がかりで挑もうっていうのか？」

「……な、なんですって……!?」

「俺《おれ》なら一人でも十分なんだけどな。……そうだキャロル、君は休んでいるといい。俺とアイザック二人ですぐに片付けるよ」

ちょっと挑発的に……小馬鹿《こばか》にするように。

「……！　ふざけないでくださいませソリス様！　ソリス様こそ、そこで見ていればいいのですわ！　このわたくしの華麗な魔法で！　アンデッドの群れなど一網打尽にしてご覧にいれますから！」

キャロル、完璧《かんぺき》に予想通りの反応。すぐさま詠唱を開始。

「――閉じた闇《ユメ》／広がらない世界《セカイ》／皇帝《コウテイ》の筺《ハコ》には／肯定《コウテイ》の箱庭《ハコニワ》／問いかけはソラに舞い／煙《スクイ》は見えない／消えてしまった／どうか私に剣《ツルギ》を／せめてこの刹那《セツナ》／目の前の闇《迷い》を祓《ハラ》う剣《ヤイバ》を／祈り《イノリ》ではありません／願い《ネガイ》ではありません／愛《信仰》ではありません／救い《スクイ》はありません／今はただ 傷《ミニクイモノ》だけを刻め《キザメ》／薙《ナ》ぎ祓え――……アイザック様、お退きなさい！」

魔法発動直前に叫び。

ゾンビを斬《き》り捨てたアイザック、瞬時に反応、キャロルの隣まで移動。

直後、

「『光輪天衝刃《エンジェル・ハイロウ》』ですわっ！！！！！」

キャロルの持つ杖《つえ》の先端から高速回転する巨大な円形の光の刃《やいば》が出現、アンデッドの群れへと直進、軌道上にいた全《すべ》てのアンデッドを蒸発させる。

光精霊《ウィスプ》のランクA、『光輪天衝刃《エンジェル・ハイロウ》』。

二年生でこの魔法を使える学生が、彼女以外に何人いるか。

「南無……！」

間髪入れず、アイザックが運良く光輪から逃れたアンデッド達《たち》を仕留めにかかる。

「おーっほっほっほっほっほ！　見ておられますかソリス様、わたくしの力を！」

キャロルは再び攻撃魔法の詠唱に入る——。

（……俺《おれ》は卑怯《ひきょう》だな）

ソリス、罪悪感。

キャロルの自分に対する対抗心も、隠そうとしているようでバレバレな好意も、計算した上で彼女の行動をコントロールした。

アンデッドが苦手という情けない自分を誤魔化すためだけに。

とんとん。

マシロがソリスの肩を叩《たた》いた。

【ソリスくん、キャロルさんを上手《うま》く乗せましたね】

「……気付いてたか」

もっとも、あんな露骨な誘導に引っかかるのはキャロルくらいだろうが。

【他《ほか》の人を利用するのはよくないことですけど、やっぱりソリスくんは優しいですね】

「……優しい？」

蔑《さげす》まれこそすれ、優しいなんて言われる心当たりはまったくなかった。

怪訝《けげん》な顔のソリスにマシロ——

【スケルトンさんやゾンビさんを自分の手で傷つけたくなかったんでしょう？】

（うわあ……）

勝手にすごく好意的に解釈されている。

どんな罵倒《ばとう》の言葉よりも、こっちの方が痛かった。

それでも、本当のことなんて言えなかった。


――アンデッドの群れはほんの数分で全滅した。


「……うむ。それなりに運動にはなった」

剣を鞘《さや》に収め、淡々とアイザック。

「余裕ですわね。ソリス様、わたくしの実力、思い知って頂けまして？」

額に玉の汗を浮かべながらも、キャロルは不敵に笑って見せた。

そのとき。

「あっれーっ⁉　あれあれあれーっ⁉　変な笑い声が聞こえたと思ったら……な、なんでソリス先パイたちがこんなところにいるんですかあっ⁉」

遺跡の中に反響する、聞き覚えのある声。

暗闇《くらやみ》の中から、二人の少女が姿を現した。

現れたのは言うまでもなくメイ・フラメルとヒカリ・ヒストリカだったのだが、二人の姿を見たソリス、さすがに赤面して目を逸《そ》らした。

「……な、なんて格好してるんだお前ら……」

「は、破廉恥な……！」「…………むう」

キャロルが眉《まゆ》をひそめ、アイザックはいつものポーカーフェイスながらソリスと同じように視線を逸らす。

二人はマント姿で、手には髑髏《どくろ》を模した杖《つえ》を持っていた。

……黒いマント以外には、何も身につけていなかった。

つまり**全裸にマント**だった。

「きゃ、きゃあっ、見ないでくださいよ**先パイのエッチ**！」

「あわわ、ど、どうしようどうしようどうしようソリスせんぱいに見られちゃった私みたいな**ゴミ虫**の汚らしい身体《からだ》を見せられたせんぱいの精神的苦痛を考えるともう私駄目ですもう死ぬしかないです！　**殺して！　誰《だれ》か私を殺して！**」

ソリス達《たち》の反応に初めて自分たちのアレすぎる格好に気付いたらしく、顔を真っ赤にしてマントで身体の前を隠す二人の少女。

……しかしヒカリはともかく、発育のいいメイの身体《からだ》を全《すべ》て包み込むにはマントの大きさは十分ではなく。

足だとか胸だとかが、かなりきわどいところまで見えてしまっているのであった。

かなりきわどいところまで見えてしまっているのであった！

頼りない薄明かりに照らされた白い肌は、とても艶《なま》めかしいのであった。

とても艶めかしいのであった！

くいくい、とマシロ。

「ん？」

【ソリスくんのえっち】

「……俺《おれ》が悪いの？」

†

「ゴホン。……説明していただけますわね？」

さらに奥に進むと広い部屋があり、メイとヒカリの服はそこに置いてあった。

二人が裸マントから制服《ローブ》に着替えたあと、キャロルが厳しい顔で問いつめる。

「あんないかがわしい格好で……どんないかがわしいことをしていたのですか」

「い、イカガワシイことなんてしてません！」

　メイが頬《ほお》を膨らませて反論。

「わたしとヒカリちゃんはただ、ここで魔法の練習をしていただけです！　こないだ市内の公園で死霊術《しりょうじゅつ》の練習をしてたら怒られたから、仕方なくこんな街はずれの遺跡でやってるんですよ！　街中で魔法の練習をしてる人なんていくらでもいるのに！　どうしてわたし達《たち》だけ駄目なんですか！」

「あ、当たり前です！　街中でアンデッドの大群が出現したら、たまったものではありませんわ！　常識的に考えなさいゾンビ娘！　あなたにはじめじめした薄暗い洞窟《どうくつ》の奥で人目をはばかるように生きるのがお似合いなのです！」

「じ……じめじめした薄暗い洞窟だなんて……そんな、そんな素敵なユートピアが一体この街のどこにあるっていうんですか！　適当なこと言わないでください！」

「そこが怒るポイントですの……!?」

　キャロル、戦慄《せんりつ》し絶句。

「……ともあれ、あのアンデッドの大群はフラメルとヒストリカが作り出したということでよいのだな？」

　アイザックの落ち着いた声。

　死霊術士見習い《ネクロマンサー》の二人は頷《うなず》いた。

「しかしあんな大量の死体、よく用意できたな。ここは死体置き場か何かだったのか？」

ソリス、夢に見そうなあの光景を思い出して顔をしかめた。

「先パイ先パイ、あれは本物の死体じゃないですよ。『水に浸《つ》けると膨らむ死体』って言って、サンジェルマン社の新製品なんですけど。材質的にはゴムに近い感じですね。持ち運びに便利だし死体がなくても手軽に下級アンデッドが作れる、現代死霊術士の強い味方です。ただ、コストパフォーマンスと見た目はそこそこなんですけど、死体特有の香ばしい香りがないのが個人的には不満ですね」

「……言われてみれば、たしかに臭《にお》いはしなかったな」

死体の臭いが香ばしいかはともかく。

「せんぱいなら御存知だと思いますけど、今は本物の骨や死体は手に入りにくいですから……。無断でお墓から掘り出すと犯罪ですし。世知辛い世の中になってしまいました……生きにくいので私もう死にます」

ヒカリが自分の首を絞めはじめ、メイがそれを拳《こぶし》で止める。

「……王都では墓地や病院から死体を盗み出して魔道士に売る者もいると聞くな。三百年前は死体などそこら中に転がっていたのであるが」

アイザックが言った。

「事情は大体分かった。けど……」

ソリス微妙に視線を逸《そ》らしつつ尋ねる。

「…………なんで裸だったんだ？」

メイとヒカリが同時に赤面。

「あ、あれはその……」

「えーと、なんといいますか……あぅ、やっぱりあんな姿をせんぱいに見られてもう生きていけません死にます！」

「……ふむ。たしか、性行為によって忘我状態になることで複数の人間の魔力を融合させ、より高度な魔法を使うというのは、古くから知られた方法であるな……」

「せ、せせせ性こぶ◆◆■●▲★ッ（言葉にならない言葉）!?　ゾンビ娘×2！　あなた達《たち》、女性同士だというのに――」

「「違います！」」

二人顔を真っ赤にして否定。

「わ、わたしとヒカリちゃんがそんなやらしーことするわけないじゃないですか！　わたし、初めてのヒトはソリス先パイだって決めてるんですから！」

「わ、わわわわ私もです！」

テンパってとんでもないことを口走る二人。

ソリス、先ほどの二人の肢体が脳裏に蘇《よみがえ》って赤面。

「なんて破廉恥な！　そ、そ、そんな、わたくしなんて最初の三年間は清いお付き合いだと決めておりますのよ！」

錯乱少女＋一名。

「勝手に決められても困る！　つーか、だったらどうしてあんな格好で……」

どうにか話の線を元に戻す。

「そ、それはその……**魔女の儀式といえば裸にマント**じゃないですか。**女の子の夢とロマン**じゃないですか！」

「うう……私は恥ずかしいからイヤだって言ったんです……でもメイちゃんが『どうせ誰《だれ》も来ないから平気だよ』って無理矢理服を脱がせて……もうお嫁に行けません！　もともと私みたいな**薄汚い芋虫**をもらってくれる人なんていないでしょうけど！」

「わたしのせいにするの!?　最初に『薄暗い遺跡の中で死体に囲まれるなんてお伽噺《とぎばなし》に出てくる魔女みたいでロマンチックですね』って言ったのはヒカリちゃんなのに！」

ソリス、冷や汗。

「……いや、夢とかロマンとかロマンチックって。お前ら昨日、死霊術《しりょうじゅつ》とは合理的な思考を突き詰めた、現代でもっとも洗練された魔法体系だとかなんとか言ってなかったか。合理化はどこに行ったんだ」

「それはそれ、これはこれです！」

ハモった。

「魔法に限らず、何かを学ぶときに一番大事なのは、好奇心や憧《あこが》れといった純粋に感情的な動機です！　そしてわたしは、お伽噺《とぎばなし》に出てくるような、裸でおどろおどろしい儀式をするような魔女が大好きです！　だからその真似《まね》をしていたんです！　おかげで練習のモチベーションも高まり、こないだの実技でもいい点が取れました！　そこに何の問題があるのでしょうか！　いえ、ありません！　そうでしょう!?」

メイ、力説。

ソリスもキャロルも思わず圧倒され、

「え、それは……そ、そう、かも……？」

「まあ、本人が楽しいのでしたら……ねえ？」

なんか納得してしまった。……そのとき、マシロがノートを向ける。

【ソリスくん。わたしには魔法のことはよくわかりませんけど、つまりこの人たちは変態さんなんですか？】

「——ぶっ！」

あまりにストレートな感想に、ソリスとキャロルは思わず吹き出し、笑いを堪《こら》えるのに必死。アイザックもぴくぴくと頬《ほお》を引きつらせている。

離れていて字が見えない二人は、何故《なぜ》ソリス達《たち》が笑っているのか解《わか》らず怪訝《けげん》な顔。

ヒカリがおずおずと、

「……あの、せんぱい。さっきから気になってたんですけど……そのスケルトンは一体」

「……！」

ハッとなる。

キャロルとアイザック以外には絶対に知られないようにしようと決心したばかりだというのに、うっかりしていた。

（しかもよりによってこの二人に……！）

よく見るべくメイとヒカリが近づいてくる。

「その子、わたし達が作った子じゃないですよね。なんて可愛《かわい》らしい女の子！」

「女の子って……なんで判《わか》るんだ？」

「え？　そんなの見れば分かるじゃないですか。どう見ても女の子の**骨盤**ですよ」

ねー、と頷《うなず》き合う二人の少女。

「気品のある頭蓋骨《ずがいこつ》、深みのある眼窩《がんか》、抜群のスタイル、計算され尽くしたような美しい流線型を描く肋骨《ろっこつ》、流れ星を思わせるような背骨の曲線美、完璧《かんぺき》な歯並び……まるで至高の芸術品です……」

「それでいて作り物の骨には絶対に出せないカルシウム様の化身のような神々しい輝き、薬品や着色料を一切使ってないことが一目でわかるほどの瑞々《みずみず》しさ……」

うっとりした顔で常人には理解不能な賞賛の言葉を口にする二人。正直怖い。

「それにこの滑らかな質感――」

メイがマシロの腰骨をそっと撫《な》でると、マシロはびくっとしてメイから離れた。

【いきなりお尻《しり》に触らないでください、失礼ですよ】

「「んな……っ!?」」

ノートに文字を書いて抗議してきたマシロに、メイとヒカリは驚愕《きょうがく》。

「ど、どうなってるんですかその子!?」

「すごい！　すごいすごいすごいすごい！　まるで生きてるみたいです！　こんな生き生きしたスケルトン生まれて初めて見ました感激です！　うぅ……生きててよかったぁ……。一生分の運を使い果たした気がするので明日にでも死のうと思います……」

ソリス、深々と嘆息。

仕方なく、キャロルやアイザックにしたのと同じ嘘《うそ》の説明をした。

†

【ソリスくんの学校のお友達って、面白い人たちばかりですね】

遺跡から出てアパートに戻り、マシロはそんな暢気《のんき》なコメント。

（相変わらずマイペースだなあ……）

勝手に部屋から出てきたことを咎《とが》める気も失《う》せる。

昨夜『怪物がいるかもしれない遺跡の調査に行く』と言ったら心配そうにしていたから、黙って付いてきたのはソリスを心配してのことだろうし。

（それに、過ぎたことを責めても仕方ない）

マシロがスケルトンではないと聞いたときは釈然としない様子だったが、後輩二人も内緒にすると約束してくれたし。何も問題はない。

「ちょっとエキセントリックすぎる気はするけどな」

ソリスが言うと、

【でも、ソリスくんが楽しそうでよかったです。学校でひとりぼっちだったらどうしようって心配だったから。わたし、死んじゃうとき、ソリスくんにわたし以外のお友達がたくさんできますようにって、お祈りしたんです。かみさま、ちゃんとお願いをかなえてくれたみたいですね】

「……！」

何気ない言葉に――ソリス、不覚にも泣きそうになる。

故郷の街でのソリスは、マシロと出逢《であ》うまでずっと独りぼっちだった。

ただでさえ子供の少ない田舎町だったし、実家で両親を師に死霊術士《ネクロマンサー》としての英才教育を受けていたから、学校にも通っていなかった。

街で楽しそうに遊ぶ同世代の子供達《たち》の姿を見かけるたびに、『自分はあいつらとは違ってエリートだから』なんて虚勢を張って寂しさを誤魔化した。

そんな自分がマシロと出逢えたこと。

マシロと一緒にいて楽しかったこと。

そんなマシロが死んでしまったこと。

マシロが、死の床にあってソリスの将来を案じてくれていたという新しい事実。

感傷と感慨が組み合わさって、ソリスの心の柔らかい部分を刺激した。

けれど泣くわけにはいかない。そんな格好悪い姿、マシロには見せられない。

(俺《おれ》が自分に泣くことを許すのは、マシロを人間に戻すことに成功したときだけだ)

そのとき、

【ところでソリスくん】

「ん？」

【あの三人の女の子のうち、誰《だれ》が好きなんですか？】

「ぶぼっ！」

むせた。

「な、ま、マシロ、いきなり何を……」

【三人とも可愛《かわい》いですよねー。それにみんなソリスくんのことが好きみたいですし。あの中の誰とソリスくんがくっついても、きっとお似合いでしょうねー】

「いやそりゃ確かに可愛いと言えば可愛いが、正直中身はちょっとアレというか大いに問題アリというか……って、そうじゃない！」

【……？　だったら他《ほか》に好きなコがいるんですか？　見てみたいですねー。ソリスくんが好きな女の子……】

「だからそうじゃなくて！　俺が好きなのは――」

……そこで言葉が途切れる。

ふと、思い至る。

……マシロはどうして自分のところへやってきた？

自分はてっきり、『ソリスくんのおヨメさんになってあげ』にきたのだと思っていた。

しかしそれは大きな勘違いだったのかもしれない。

マシロがソリスのところに来たのは、単に自分を蘇《よみがえ》らせた術者に対するスケルトンの帰巣本能みたいなものか、あるいは単純に、ここ以外に来るところがなかっただけなのではないか。マシロの両親は娘が亡くなってすぐに他《ほか》の街に引っ越したし。

雪合戦のときの言葉も、マシロにとっては単なる子供の戯《たわむ》れ言の一つで、本気でソリスと結婚しようなんて思っていなかったのではないか。

いや、あのときは本気だったとしても、今も本気とは限らないではないか。

というか、五年前の気持ちをいつまでも引きずっているソリスの方が、むしろおかしいのかもしれない。

マシロはソリスのことを——少なくとも異性として好きではないのかもしれない。

……今更のように、その可能性に思い至った。

ソリスのことが好きなら、他の女の子とソリスがくっつく話なんてしない。

【ソリスくん？】

急に黙り込んでしまったソリスに、怪訝《けげん》そうにマシロが小首を傾《かし》げた。

「い、いや……なんでもないよ……」

誤魔化し、無理に笑い顔を作る。

「俺《おれ》は今のところ、誰《だれ》かと付き合う気はないかな。今は恋愛よりも、将来の夢のために努力する方が大事だから」

そう言って、逃げた。

（……まずはマシロを人間の姿に戻すのが先決だ。マシロが俺のことをどう思っているかは、そのあとに考えればいいさ）

幕間

ソリス達《たち》が遺跡から戻ったのと同じ頃《ころ》。

カドゥケウス市ではないどこかの街の、どこかの建物の一室。

薄暗い、狭い部屋。

上等な作りの椅子《いす》に腰掛けている一人の男——少年と言った方が適当だろう。

赤を基調にした近代的な衣服／短い黒髪／黒目／やや小柄／中世的な美形。

その少年の後ろに影のように控える、同年代の女——少女。

灰色の髪／灰色の瞳《ひとみ》——ただし右目には眼帯／能面のような無表情／エプロンドレスにカチューシャ＝メイド服。

少年の前には立派な机。机の上には無骨なフォルムの黒い機械。

通話機＝声を特殊な暗号化された魔力として放出し、離れた場所にある別の通話機へと届ける魔道器。

そこから聞こえてくる、どこかダルそうな男の声。

声の主＝事件屋、ロジャー・アランカル。

『——つーわけで旦那《だんな》、例の遺跡はハズレだ。残念だったな』

怪物の呻《うめ》き声がするという噂《うわさ》の遺跡は、学生が死霊術《しりようじゆつ》の練習に使っていたというオチだった——そんなつまらない調査報告。

数え切れないほどのハズレ報告がまた一つ増えた。それだけのこと。

『なあホーリーさんよう、余計なお世話かもしれんが、「怪現象が起きている場所を片っ端から調べろ」っつーの、やっぱ無茶じゃねーかい？』

呆《あき》れたような、厭《あ》きたような事件屋の声。

少年——ホーリーはそれには答えず淡々と、

「ご苦労だった。報酬はいつものように口座に振り込んでおく。新しい調査対象が見つかったらまた連絡する。そちらも何か情報があれば教えてほしい」

『……ま、こっちは金さえ払ってくれればいいんだけどよ……。……ああ、そういえば怪奇スポットってわけでもねーんだが——』

ふと思い出したように、ロジャー。

『その遺跡に来てた学生が、なんか面白いスケルトンを連れてたぜ』

「……面白いスケルトン？」

ホーリー、目を細める。

『ああ。なんつーか、まるで生きてる人間みたいに動きやがるんだ。しかもノートに字を書いて自分の意思を伝えるなんて芸当までしやがる。あんたらマニアックな術とか詳しそうだからなー。なんか心当たりあるかい？』

ホーリーとメイドが顔を見合わせる。そして、

「……ロジャー。そのスケルトン、生きたまま……というのは変か……とにかく、なるべく無事な状態で捕獲して連れてきてほしい」

『捕獲して連れてこいって……おいおい、一応他人様のモンだぜ？』

「それがどうした？　報酬は――」

提示した金額に、通話機越しから、遠くカドゥケウス市にいるロジャーの驚く気配。

『わ、分かった、任せとけ！』

弾んだ声で承諾。

ロジャー＝事件屋。金さえ払えば非合法な仕事もこなしてくれる小悪党。いざとなれば簡単に切り捨てられる、使いやすい手駒《てごま》。

通信が切れる。

「……自らの意思を持ち、コミュニケーションをとることすら可能なスケルトン、ですか」

メイドの、感情を感じさせない冷たい声。

「ああ……これは『当たり』かもしれないな、シズ……」

薄笑いを浮かべ、ホーリー。

メイド――シズは変わらず無表情で淡々と、

「……《賢者の石》の《欠片《フラグメント》》。……もしも私の期待通りなら、そのスケルトンを作り出したのは……№９《黄泉《ヨミ》》……」

「一桁《ひとけた》ナンバーのフラグメント……！　くく……くくくく………」

ホーリー、怪しげに含み笑い。

「……フッ」

シズも微妙に口の端を吊《つ》り上げる。

いかにも怪しげな二人は、いかにも怪しげな薄暗い部屋で、いかにも怪しげに笑い続けていた——……。

「……お前の友達の……マシロちゃんな。……昨晩、亡くなったそうだ」

父親から沈んだ声でそう聞かされた直後、十一歳の少年ソリス・アレクサンドロは、実のところそれほど悲しいとは思わなかった。

ソリスより、マシロと面識があった家族や使用人達《たち》の方が嘆き悲しんでいたくらいだ。

だって、

——死んだら、生き返らせればいいじゃないか。


……そう思っていたから。

以前家の倉庫で見つけた、ご先祖様デューマ・アレクサンドロの遺《のこ》した古文書。

内容は難しく、しかも紙の風化が激しくて完全には解読できなかったけれど、八割くらいは解《わか》った。

そこに書かれていたのは、幾つもの魔法。

優秀な死霊術士《ネクロマンサー》である祖母や両親でさえ使えないような、凄《すご》い魔法の数々。

試してみたくてたまらなかった。

そのうちの一つ——《反魂》。

死者の魂を肉体へと呼び戻し、生き返らせる術。

僕なら出来る、と思った。

……出来ると思ってしまったのだ、愚かにも。

神童と呼ばれていた。

一般の人にはあまり知られていないが大魔導師ルザルカと共に魔王と戦った、偉大なる先祖デューマ＝ソリスの憧《あこが》れの存在にして、多くの死霊術士《しりょうじゅつし》の目標。

ソリスはそんなデューマの再来とまで讃《たた》えられ、将来の死霊術界を背負って立つ逸材だと周囲の大人達からちやほやされて、それが嬉《うれ》しくてさらに修行に励んでめきめき力を伸ばし、幼くして難しい術を使いこなし、それでますますちやほやされて——同時に、増長していった。

年相応の少年の顔を見せるのはマシロと一緒にいるときだけ。

自分は特別な存在なのだと思い上がっていた。

自分ならば、『死者を蘇《よみがえ》らせる』などという自然の摂理に反逆した術だって使える。他《ほか》の平凡な連中はともかく、自分にはこの術を使う権利がある。

マシロの葬儀があった日の夜。

杖《つえ》と、古文書があった倉庫で発見して以来自分の部屋に隠しておいた魔石を持ち、こっそりと屋敷を抜け出す。

倉庫の奥で埋もれるように、立派な筐《はこ》に入っていた黒い魔石。

他《ほか》の魔石に比べて圧倒的な力を感じた。

この素晴らしい魔石と素晴らしい先祖が遺《のこ》した素晴らしい古文書と素晴らしい自分の素晴らしい才能があれば、不可能なんかないと思った。

胸を高鳴らせてレンデアの共同墓地へ。

恐怖なんか微塵《みじん》も感じない。

夜の闇《やみ》も、月も蝙蝠《こうもり》も亡霊も、全《すべ》てはこの偉大なる死霊術士《ネクロマンサー》、ソリス・アレクサンドロのためにあるのだから！

マシロの墓の前に立ち、誇らしげな笑みを浮かべるソリス。

マシロちゃん、今から僕が生き返らせてあげるからね！

杖に魔石をセット、古文書に記されていた通り、自分の周囲に魔法陣と呪文《じゅもん》を描《か》く。

精神を集中して杖に魔力を注ぎ込み、呪文詠唱開始。

ほどなく現世と異界が接続されたことを確信。

高度な魔法を使うときに共通の、ちょっと気を抜けば魔力がごっそり持って行かれそうな厭《いや》な感覚に耐えながら、長い長い呪文を唱える。

そして不意に――魔石が凄《すさ》まじい黒色の光を放った。

無数の黒い稲妻が、ソリスを囲む魔法陣を除いた墓地全体に、余すところなく降り注ぐ。

厭な予感がしたときには既に手遅れ。

呪文の詠唱をやめても魔力の奔流は収まらない。

本能的に命の危険を感じて杖を放《ほう》り投げる。

どうにか自分の魔力を吸い尽くされることだけは免れたものの、なおも黒い稲妻は墓地を襲撃し続ける。

そのとき不意に、背後に気配。

稲光に照らされた大きな影が、ソリスの後ろから差した。

慌てて振り返ったソリスが見たのは、一体の大きなゾンビ。

血走った剥《む》き出《だ》しの眼球／噎《む》せ返《かえ》るような腐敗臭／爛《ただ》れた皮膚／肌を食い破って露出した骨／垂れ下がった腸／人間の声帯から出ているのが信じられない不気味な唸《うな》り声《ごえ》……

見慣れている筈《はず》のゾンビを、ソリスは生まれて初めて恐ろしいと思った。

獣のように牙《きば》を剥き出しに襲い来るゾンビから逃げる。

しかしゾンビはその一体だけではなかった。

墓場中から次々にゾンビ《ぼこぼこぼこぼこぼこぼこぼこぼこぼこぼこ》、それから薄汚れた骸骨達も這い出てきて《からからからからからからからからからから》、その全てがソリス《ひたひたひたひた》に向かってくる《ひたひたひた》。

上空には不快な鳴き声を上げる蝙蝠の群れに《キィキィキィキィキィキィキィキィ》、不規則に形を変える半透明の黒い霧……《■■■■●●●●▲▼▼■■●◆◆▼◆■●》ゴースト達《■●▼▼◆◆●》。

偉大な死霊術士《ネクロマンサー》の再来たる神童など、この場にはいなかった。

いるのはただ、一人の子供《エサ》。

ソリスは必死で逃げる。

鼻水と涙を垂れ流しながら、自分の知っている全《すべ》ての人に助けを求めながら。

どうやって逃げたのか、全然解《わか》らない。

気付けばアンデッドの群れはいなくなっていた。

ホッとしてふと前を見たら、黒いワンピース、黒いリボンの女の子の後ろ姿。

ソリス、その少女の名前を叫ぶ。

——マシロちゃん！

ソリスの呼び声に、女の子が振り返る。

肉は削《そ》げ落ち、眼窩《がんか》には空洞——深い暗闇《くらやみ》がソリスを見据える。

白骨化した少女が、カタカタと歯を鳴らして笑った——……。

†

……そこで目が覚めた。

凄《すご》い汗。心臓の動悸《どうき》が酷《ひど》い。

……遺跡でアンデッドの群れを見たとき「これは絶対夢に見るだろうな」と思った通りに、酷い悪夢を見てしまった。なんて分かりやすい自分。

（……朝っぱらから最悪の気分だ……）

ふと視線に入るのは、マシロの姿。

部屋の隅で全身の骨が積み重なって、一番上に頭蓋骨《ずがいこつ》がちょこんと乗っている。

これが彼女の睡眠体勢。

眼球も瞼《まぶた》もないので寝ているのか傍目《はため》には判別不可能。

こうして見るとただのアンティークのように見えなくも……やっぱり見えない。

『ソリス・アレクサンドロは同居している女の子を小汚い部屋の片隅に積み上げて寝かせている』なんて噂《うわさ》が流れたらどうしようか……そんな愚にもつかないことを考えて、厭《いや》な気分を紛らわす。

（さて、起きるか……）

今日からまた一週間、完璧超人《かんぺきちょうじん》ソリスの華麗なる学園生活を演じなければ。

そしてソリス、もう何年も使っている薄汚れた毛布を身体《からだ》から退《しりぞ》ける。

……ベッドのなかに、全裸の幼女がいた。

「うぎゃっ⁉」


驚愕《きょうがく》のあまり、華麗とはほど遠い悲鳴が口をついて出た。

白く細い、それでいて病的な雰囲気はまったく感じないしなやかな四肢。

綺麗《きれい》な金髪が白磁の肌に微《かす》かに触れ、天使のような神々しさと娼婦《しょうふ》のような艶《なま》めかしさを同時に醸し出す。

微かな胸の膨らみが、安らかな寝息に合わせて微かに上下している。

（って、何をじっくり観察してるんだ俺《おれ》は……！）

幼女の裸体に見入っていたという事実を打ち消すように、ブンブン首を振る。

そのとき、

「……ん……」

幼女が可愛《かわい》い声を漏らし、うっすらと目を開けた。

右と左で異なる虹彩《こうさい》――赤と青のヘテロクロミア。

目が合う。

「おはよう、ソリス・アレクサンドロ。良い朝だな」

幼女……生徒会長シェンファ・パラケルススは、天使のように微笑《ほほえ》んだ。

「…………」

ソリス、無言。彼女の裸身を見ないようにしながら、黙考。

結論。

ベッドから出て、未成熟な彼女の身体《からだ》を抱き上げる。とても軽い。

「おおっといきなり大胆だなソリス・アレクサンドロ！　恥ずかしいぞ！　この私をどこへ連れていってくれるのだ？　**めくるめく官能の世界**か？　貴様と一緒ならばどこへだって行こう。さあ**私の身体を好きなように弄《もてあそ》べ！**」

恥じらいなど微塵《みじん》もなく歓声を上げるシェンファを、ソリスは、
ばたん、ぽい、ばたん、がちゃ。

部屋の扉を開けてシェンファをゴミのように外へ放《ほう》り出し、扉を閉めて鍵《かぎ》をかけた。

（……見なかったことにしよう。俺はいつものように起きて、そして学校に行く）

部屋を叩《ドンドン》く音。

「……おーい、開けてくれないかソリス・アレクサンドロ。こんな幼女を裸で放り出すとは貴様、涼しい顔してとんだサディストだな。さすがにちょっと酷《ひど》いのではないだろうかと私は思うのだが。泣くぞオイ」

聞こえないふり。しかし、床に下着と制服が脱ぎ捨ててあるのを発見。

仕方なくそれを拾い、再びドアを開けた。

「おお、入れてくれるかソリス・アレクサンドロ。やはり貴様は優し――」

彼女の服を廊下に放《ほう》り出し、再びばたんがちゃ。

（……さて、学校へ行く準備をしよう）

しかしまたもドアを叩く音《ドンドンドン》。

「……おーい、だから入れてくれないか。驚かせてしまったのなら謝るから。そうだ、入れてくれたら今夜私の家に来て妹をファックしていいぞ」

無視。

「うえーんごめんなさい**おにいちゃーん**。もうわるいことしないからー。おねがいだからいれてよ**おにいちゃん**ってばー」

……何故《なぜ》か自分が妹になってしまった。

「……おのれソリス・アレクサンドロ……。くくく、この私を本気にさせたのは貴様が初めてだぞ。**結婚しよう**」

……なんでそうなる。

「あっ、**やんっ**、だ、**だめだよソリスお兄ちゃんっ**、そんなの、**兄妹**《きょうだい》なのにっ！　ああっ、駄目、お兄ちゃん、**王立トリスメギストス魔道学院精霊魔法科高等部二年、学籍番号二〇七一六八番のソリス・アレクサンドロお兄ちゃんっ！**　そんなおっきいの、はいらないよ

う、わたし、わたし壊れちゃうっ！　でもいいの！　わたしは**年端もいかない幼女**だけど、お兄ちゃんにならどんな**エッチなこと**をされてもいいのっ！　あっ、やっ、ああんっ！」

「やめんかっ！　誰《だれ》がお兄ちゃんだ！」

アパートの外にまで聞こえそうな声でアホなことを叫び始めたシェンファ。

ソリスは己の名誉のために、仕方なくドアを開けた。

アパートの住人はトリス生徒会長がこんな奇人だとは知らない他校の学生ばかり。自分を慕ってくれる彼らに「ソリス＝妹に手を出す鬼畜」と思われるのは耐え難い。

「ふん、つまらん意地など張らず、最初からこうしていればよかったのだ。そこが貴様の可愛《かわい》いところだがな」

上はぱりっとした軍服のような服、下は短いスカートという魔法戦術科の制服に着替えた幼女は、先ほどとはまるで別人の、普段通りの尊大な調子でのたまい、自分の部屋であるかのように遠慮など微塵《みじん》もなく堂々と入ってきた。

……なんだかすごく負けた気がした。

「俺《おれ》、今初めて会長に殺意を抱きましたよ」

「それは光栄だな。殺意も愛情も、感情の強度で考えれば同じようなものだとは思わないかソリス・アレクサンドロ」

「思いません」

「そうか。ならばお互いの価値観の相違を埋めることから始めよう。ベッドでイチャイチャしながら」

「しねえよ。なんなんですか朝っぱらからほんとに。あんまり遊んでると遅刻しますよ」

ソリス、そろそろ本気で疲れてきた。

「おっと、それもそうだな。実はちょっと貴様に話があって来たのだ。この私がわざわざ直々に来てやったのだありがたく思え。ちなみに次に貴様が発する質問を先読みして答えておくと、私が貴様のベッドの中に潜り込んだ理由は貴様を驚かせようと思ったからで、裸だった理由は貴様へのサービスだ。愛情表現と言い換えても構わないぞ」

「言い換えません」

「また即答か。決断力に優れるのは貴様の美徳だが、物事をもう少し冷静に判断する習慣を身につけた方が人生は輝くと思うぞソリス・アレクサンドロ」

「分かりました、輝かしい人生のために冷静な判断を心がけます**さっさと出ていけこのアホ生徒会長**」

「あははっ、やっぱり貴様との会話は面白いなあ」

……シェンファの容姿に相応《ふさわ》しい、子供っぽい柔らかな笑顔。恐らくこれが、彼女の本当の笑顔。……何故《なぜ》か好感度がアップしてしまったらしい。

「さて、それでは本題だが……」

シェンファがようやく話を本筋に戻してくれたそのとき。

後ろから、マシロがぬーっと現れた。

【ソリスくん、お客さんですか?】

(…………ああ……また目撃者が増えた……!)

ソリス、本気で頭が痛くなってきた。

しかしシェンファ、マシロの姿を見ても何故《なぜ》か驚いた様子はない。

それどころか、

「君がマシロくんか。なるほど……確かに綺麗《きれい》なスケルトンにしか見えんな」

納得したように頷《うなず》く。名前まで知っているらしい。

マシロが首を傾《かし》げると、

「おっと、失礼、自己紹介が遅れた。私はシェンファ・パラケルスス。ソリス・アレクサンドロの恋人だ」

「なんでこの状況でさらりとどうでもいい嘘《うそ》を言うんですかあんたは!」

ソリスは全力でツッコむ。

【ソリスくんの恋人さん、ですか?】

「うむ」

鷹揚《おうよう》に頷くシェンファ。

ソリスのツッコミは完全放置。

【ソリスくん……】

マシロが眼球のない眼差《まなざ》しをソリスに向けてくる。

ソリス、『……』が何を意味しているのか推測。

『さすがにこんな小さな女の子が恋人だとは思いませんでした』

『ソリスくん、いつの間にか変態さんになってしまったんですね……』

そんなところだろう。

（なんでこう、俺《おれ》の周りの女の子は自分の道を全力で突っ走ってるような連中ばっかりなんだ。頼むからみんなもうちょっと落ち着いて生きてくれよ……）

ソリス、本気で悩む。

「くっくっく、恋人というのは冗談だ。今はまだ、ね。……私は学院の生徒会長で、彼は副会長。つまり私は彼のご主人様のようなものだ」

【はあ。ソリスくんのご主人様ですか。いつもソリスくんがお世話になっています】

（……なんなんだこの会話……）

もはやツッコむ気力さえない。

「くくく、実に面白いな君は。ま、こんなところで長話もなんだから、とりあえず用件を手短に話そうか」

そしてシェンファ、さらりととんでもないことを告げた。

「王立トリスメギストス魔道学院は学生ソリス・アレクサンドロが召喚した異界の住人『マシロ』を、正当な手続きを経て召喚された彼の使い魔だと認める。……はいこれ認可証ね。そのノートの裏にでも貼《は》り付《つ》けておくといい」

「んな……!?」

絶句するソリス。

頭に?が浮かんでいる様子で首を傾《かし》げるマシロに、シェンファ、

「つまりあれだよ。マシロくん、君、今日から学校に来ていいよ」

†

……真相は単純だった。

アイザックがマシロのことをシェンファに報告したのだ。

たしかにアイザックは「秘密にする」とはっきり口に出したわけではなかったから、勝手に了承してくれたと思いこんだソリスが悪いと言えば悪いのだが……。

（さすがアイザックだ――《空気《インヴィジブル・エア》が読めない男》という異名は伊達《だて》じゃない……）

もちろん褒めてない。

で、マシロのことを聞いたシェンファは、ソリスを校則違反で罰しようなどとは微塵《みじん》も考えず、彼女の行動原理——つまり『面白いことの追求』——に従って即行動。マシロをソリスの使い魔として学校に通わせるための煩雑な手続きと裏工作を一晩で済ませたというわけだ。

（ほんとにあの会長は……ろくなこと考えないよな……）

そのうえ行動力が桁外《けたはず》れだから困ったものだ。

ソリス、深々と嘆息。

朝——アパートから学院へと続く緩やかな坂道。

骸骨《がいこつ》を連れて歩くソリスに、通学途中の他《ほか》の学生達《たち》からの奇異の視線が刺さる。

当のマシロはというと、学園都市の通学風景が珍しいらしく、きょろきょろと楽しそうにあちこち見回している。暢気《のんき》なものだ。

【いっぱい学生さんがいますねー。制服も色んな種類があるみたいですけど、みんな同じ学校の生徒さんなんですか？】

「あの緑色のと袖《そで》がやたらと長い白いやつは違う学校。あとはみんなトリスの生徒。科によって制服が全然違うんだ」

こうなってしまった以上、気にしても仕方がないと開き直り、ソリスは観光ガイドにでもなったつもりでマシロに説明。

【へえー。都会の学校はすごいんですねえ】

物珍しそうにマシロに不躾《ぶしつけ》な視線を送ってきた白いマントを羽織《はお》った学生が、逆にマシロに見つめ返されて、ちょっと気まずそうに早足で去っていく。

【今の制服は何科なんですか？　あのマント、かっこいいですね】

「あー、あれは白魔法科だな。ちなみにあの白マント、実際に白魔法科にいる連中からは死ぬほど不評だぞ。制服を変えてくれって陳情が生徒会にも結構きてるし。まあ、気持ちは分かるけどな」

【ええ？　かっこいいのに……】

「マシロの美的センスはおかしい」

【そんなことないです。わたしバリバリに今風の女の子です】

今のマシロ、頬《ほお》があったら膨らませてるんだろうな、とソリスは思った。

【あ。あの剣を持った人達《たち》は？】

「魔法剣士科。アイザックと同じだな。剣に限らず、杖《つえ》以外の物騒な武器を携帯してる奴《やつ》らは基本的にみんな魔法剣士科だ」

【じゃあじゃあ、あの頭に可愛《かわい》らしい猫の耳がついてるのは？】

「召喚魔法科。召喚魔法は他《ほか》の魔法体系に比べて難度が高いから、入学試験をパス出来る人間も少ない。つまり彼らはトリス学院の中でもエリートと言える」

【でもネコミミなんですね】

「ああ。ネコミミなんだ」

そんなやりとりをしながら歩いていると、

「ソッリス先パーイっ！」

後ろから賑《にぎ》やかな声。

走ってきたのはメイとヒカリ。

学院の制服の中でも一際地味な、真っ黒なローブ。

魔道士の服装に機能性のない余計な装飾など必要なく、この黒ずくめこそが最も理にかなった服装なのだ……と主張する者もいる。

しかしこのローブ、動きにくいし夏場は太陽の光を吸収して暑いし冬場は足下がスースーして寒いしで、別に他の科の制服より機能的に優れているわけでは全然ない。

「おはようございますソリスせんぱい、それにマシロさんも」

追いついてきたヒカリがぺこりと頭を下げ、目を丸くする。

「……って、なんでマシロさんが普通に歩いてるんですか!?」

気付くのが遅い。

ソリス、メイとヒカリに事情を説明。

……シェンファが部屋のベッドに裸で潜り込んできたことは伏せる。この二人の場合、真似《まね》する可能性があるし。

「それにしてもマシロっち、やっぱり超かわいいねー。さすがソリス先パイですね。わたしもこんな素敵なスケルトンが作れるように頑張らないとっ！」

メイはマシロを妙に真剣な目で見つめて言う。

【可愛《かわい》いだなんてー】

マシロが照れたように顔を覆う。

仕草はまるで頬《ほお》を染めて恥じらう乙女。……仕草だけは。

【ところで、お二人は何科なんですか？】

マシロの質問に、メイとヒカリは顔を見合わせる。

「何科って……死霊術科《しりょうじゅつ》ですけど？」

これまでの会話から普通に推測できる筈《はず》なのに……とソリスも少し怪訝《けげん》に思う。

【そうなんですかー。死霊術科って、男子と女子で随分制服が違うんですね】

「……！」

ソリスはハッとする。

「へ？　うちの科は男の子もこの黒ローブですよ？」

ヒカリが不思議そうに言う。

今度はマシロが首を傾《かし》げる番。

【え、だってソリスくんが着てるのは】

「あー、ちょっと用事を思い出した。悪いが先に行っててくれないか」

ソリス、死霊術科の二人組に言った。

素直に従う二人。「また学校でー」と手を振りながら去っていく。

二人の姿が小さくなったあと、通学路から外れた、人気のない小道に入る。

そしてマシロに向き直る。

【ソリスくん。用事ってなんですか？】

マシロは相変わらず素直。二人を追い払うための方便だとも気付いていない。

「あー、まあ、なんていうか……」

言葉を濁しつつ、

「……俺《おれ》、死霊術科じゃないんだよ。この服は精霊魔法科の制服。ちなみに女子の制服は昨日キャロルが着てたやつね」

マシロは、ソリスのことをずっと死霊術科に入学したと思い込んでいたのだ。

……ソリスが子供の頃《ころ》からの夢をまっすぐに追いかけ続けているのだと、何の疑いもなく信じていたのだ。

別に、ソリスがそのことをマシロに対して申し訳なく思う必要はない。

本当の意味で裏切ってしまった人――ソリスを立派な死霊術士《ネクロマンサー》にするために育ててくれた両親と、友達であるマシロは違う。

自分はマシロを裏切ってなんかいない。

自分の将来の目標を変えたことを、マシロに恥じる必要は全然ない。

むしろ誇るべきだ。

精霊魔法科年間主席という輝かしい成績――自分で選んだ新しい道をしっかり確実に前進している事実を、誇ってもいい筈《はず》だ。

(なのに……なんでこんなにも後ろめたいんだろう……)

ソリスには解《わか》らなかった。

【どうして死霊術《しりりょうじゅつ》科に入らなかったんですか?】

当然の疑問を投げかけられた。

「…………」

どうして＝とあることでトラウマを負って、心霊関係全般が大の苦手になったから。

……そのあとで当然やってくる質問。
Q. とあることって?
A. 死んだマシロを生き返らせるために墓場で反魂の術を使い、出てきたアンデッドの群れに食われそうになった。

（そんなこと、マシロに言えるわけないだろう！）

マシロは何も悪くない。

自分が勝手に術を暴走させて、勝手にトラウマを負っただけ。

だが。

それでもマシロは自分を責めるだろう。

ソリスがアンデッドを苦手になったのは自分のせいだと。

ソリスが幼い頃《ころ》からの夢を諦《あきら》めることになったのは、自分のせいだと！

……だからソリスは、また一つ、嘘《うそ》を重ねる。

爽《さわ》やかな作り笑顔で。

「だって死霊術なら実家でも十分に専門的なことを勉強できるだろ？　父さんも母さんも立派な死霊術士だし。だから、せっかくだから学校では別の分野をやろうって思ったんだよ。複数の魔法体系の導師号を持ってるなんて宮廷魔導師には珍しくもないし、別の分野の知識や技術が死霊術に役立つことだってあると思うから」

……我ながら、なんと説得力のある嘘だろう。

これまでメイやヒカリに死霊術をやめた理由を尋ねられてもはぐらかしてきたけれど、これからはこの言い訳を使おう。

そのうち折を見て「精霊魔法の道を極めたくなったから、やっぱり一本で行くことにした」とでも言えばいい。一つの魔法体系を極める（≠導師号の取得）ことの困難は魔道を志す者なら誰《だれ》でも知っているから、あの二人だって落胆しつつも理解してくれる筈《はず》だ。

魔法に関して無知なマシロはというと、

【へえぇー。さっすがソリスくん。色々と考えてるんですね】

感心したようにうんうんと頷《うなず》く。

【わたし、魔法のことはよくわからないけど、ソリスくんだったら立派な魔法使いになれるって信じていいます。頑張ってくださいね！】

……直球ストレートな応援の言葉。

含みのない、純粋にソリスを思ってくれるその言葉が、とても痛かった。

†

マシロを連れての学校生活は、意外なほど何の問題も起きなかった。

『ソリス・アレクサンドロが召喚魔法で凄《すご》い使い魔を呼び出したらしい』という噂《うわさ》はあっという間に学院中を駆けめぐり、ソリスとマシロは注目の的。

しかし畏怖《いふ》や尊敬の眼差《まなざ》しを向けられるのはいつものことだったし、去年ソリスが年間主席を取ったときや生徒会副会長に当選したときも、同じような騒ぎになった。

今回だって数日もすれば落ち着いてくるだろう。

召喚魔法科の生徒でさえ使い魔を使役している者はそういないので、学院内でのソリスの評価はさらに上がった。自分の努力の結果ではない名声に抵抗を覚えるものの、そこは甘んじて受け入れるしかないのだろう。

教師達《たち》の反応もあっさりしたもので、椅子《いす》に骸骨《がいこつ》が座っていても「生徒会長から話は聞いている。使い魔を持つことは魔道士にとって一種のステータスでもあるから、これからも精進したまえよ。皆も見習って励むといい」などと言って、普通に授業開始。

魔法に関する講義の内容なんて解《わか》るわけがないマシロが退屈そうに堂々とノートに落書きを始めても、「使い魔に集中して講義を受けろというのも無茶か……」と苦笑したりするだけで、彼女を咎《とが》める者は一人もいなかった。

マシロのことを必死で隠そうとしていた自分が馬鹿馬鹿《ばかばか》しく思えるほど、マシロは普通に学園生活に溶け込んでいた。

魔道士には柔軟な思考が大切とはいえ、ちょっと柔軟すぎだった。

さすが王国内でトップレベルの魔法学校、トリスメギストス。

(あんまり意識したことはなかったけど……この学校、凄いな)

自分も四年以上ここに通う学生でありながら、ソリスは今更のように思った。

学生食堂で、値段の割に量があって味もいいパスタを食べながら。

マシロはソリスの隣に座っている。

混雑した食堂、ソリスの周りだけまるで特別席のように人がいない。

【ソリスくん、どうして皆さん、周りにあいてる席があるのに座らないんでしょう。やっぱりわたしがいるからでしょうか……】

やや不安そうな文面。

「あー、それは違う。普段から俺《おれ》の周りには誰《だれ》も来ないから」

本当のことだ。マシロが来る前から、ソリスの周りには誰も寄ってこない。

メイとヒカリは死霊術《しりょうじゅつ》科の校舎近くの第三食堂で食べるし、アイザックとシェンファは生徒会室。キャロルは高級料理店から教室まで毎日料理を運ばせている。

【も、もしかしてソリスくん、いじめられてるんですか!?】

心配そうなマシロ。

「いや、そういうわけじゃないけど……」

【だったら嫌われてるんですか?】

ストレートすぎる質問に苦笑。

「そりゃまあ、嫌ってる奴《やつ》もいるだろうな」

本当は「敬遠されている」というのが一番適切だと思うのだが、自分で「俺ってみんなから敬遠されてるんだよねー」と言ってしまうのはちょっとアレだし。

「……まあ、おかげで快適にご飯が食べられるんだからいいじゃないか」

誤魔化すように言うと、マシロはぶんぶん首を振った。

【駄目ですよそんなの。せっかく学校に通っているんですから、ご飯はみんなで食べたほうがいいです。その方が美味《おい》しいです】

「そりゃそうかもしれないけど……」

【ちょっと待っててくださいね】

何を思ったかマシロ、食堂内をきょろきょろ見回し、近くの席でちらちらとこちらを窺《うかが》っていた女子生徒三人と目が合うと、いきなり席を立った。

「……？」

ソリスは怪訝《けげん》に思いながらもそれを見守る。パスタを食べながら。

女子三人の前にマシロが立つ。

「え、な、なんですか？」

困惑気味の彼女たちの前で、マシロは何やら文字を書く。

女子生徒の一人が声に出して読む。

「えっと……【よかったらソリスくんと一緒にご飯を食べてあげてください】」

「ぶっ！」

パスタ吹いた。

『パスタを吹き出したソリス』という普段なら想像も出来ないような姿に、ソリスとマシロに注目していた大勢の学生達《たち》が感嘆とも驚愕《きょうがく》ともつかぬ声を漏らす。

「あのソリス・アレクサンドロがパスタを吹いた……！」「生徒会副会長がパスタを吹いた……！」「完璧超人《かんぺきちょうじん》のソリスがパスタを吹いた……！」「超人パスタ……」

耳に入る囁《ささや》き声に顔が真っ赤になる。

ハンカチで口を拭《ふ》き残りのパスタを一口で平らげて、逃げるように食堂を出る。

「完璧パスタ超人……」「天才パスタ男」とかいう、まるでソリスがパスタを作る達人であるかのような声が妙に耳に残った。

マシロがあとを追いかけてくる。

人気のない精霊魔法科校舎の裏玄関まで急ぎ足。そこでようやく一呼吸。

【どうしたんですかソリスくん】

不思議そうに聞いてくるマシロに、ソリスはこめかみを押さえる。

「そっちこそどういうつもりだ？　見ず知らずの生徒にいきなりあんな……」

【あの子たちはソリスくんのことを知ってるみたいでしたよ】

「向こうが知ってても俺《おれ》は知らないんだよ」

不機嫌な顔でソリス。

【だったら知り合えばいいんですよ。最初はみんな他人なんですから】

マシロの言葉にげんなりする。

「そりゃそうだが、別に理由もなく知り合いになりたいとも思わない」

しかしマシロ、

【あの子たち、ソリスくんと一緒にご飯を食べたがってました】

「それがどうした。俺はべつに一緒に食べたくない」

【でも、みんなで一緒に食べた方が美味《おい》しいです】

「そうだな。でも、わざわざ君に一緒に食べる相手を連れてきてもらってまで、誰《だれ》かと一緒に食べたくはない。気まずいだろそんなの。……それに相手だって、俺と一緒に飯食ってたら息が詰まるだろうしな」

【仲良くなっちゃえば平気ですよ】

「だから！　なんで君が勝手に連れてきた相手と俺が仲良くしなくちゃならないんだ！　余計なお世話なんだよ！」

かみ合わない会話にソリス、思わず声を荒げた。

マシロの動きがぴたりと止まり、

【余計なお世話、ですか？】

「……ああ」

ここははっきりさせておくべきだと思い、ソリス頷《うなず》く。

【わたしはただ、ソリスくんに楽しい学校生活を送ってもらいたくて】

ソリス、眼鏡の位置を直しながら冷たい声で、

「……だからそれが余計なお世話なんだよ。君は俺《おれ》の保護者か何かか？　君の力を借りなくても、俺はもともと上手《うま》くやってたんだ。それを無駄に引っかき回すような真似《まね》はやめてくれ。それが出来ないのなら、もうアパートから出ないでくれ」

……ちょっと厳しく言い過ぎたと思わなくもない。

マシロ、露骨にしゅんとうなだれ、ノートに短い言葉を書く。

【ごめんなさい】

「……わ、わかればいいよ。俺も強く言い過ぎた。ごめん」

何となく気まずい感じ。

マシロとこんな雰囲気になったのは初めてかもしれない。

昔にも喧嘩《けんか》したことくらいはあるけれど、そのときはお互いがお互いに気を遣っているような、こんな微妙な空気にはならなかった。

（……俺の方が悪い、のか？）

冷静に思考し——それは違うと判断。

マシロが何を考えているのかさっぱり解《わか》らない。

ソリスに友達を作ってあげようだなんて、そんな押しつけがましい真似をする娘《こ》ではなかったと思う。

疑問を抱えたまま、昼休みが終わる。

†

放課後はいつものように生徒会室へ。

マシロも一緒で、昼食後の微妙な空気はもうない。

部屋には既に他《ほか》の生徒会メンバー三人の姿。

「やあソリス・アレクサンドロ。ふむ……少し疲れ気味のようだな」

ソリスとマシロが部屋に入るなり、相変わらずの尊大な調子で幼女《シエンファ》が言った。

「……そうですね。誰《だれ》かさんと誰かさんのおかげで今日は刺激的な一日でしたよ」

皮肉っぽい目でシェンファと、黙々と書類を整理しているアイザックを見る。

「おお、それはよかった。愛する貴様に喜んでもらえて私は嬉《うれ》しいよ」

皮肉と理解しつつ誇らしげに薄い胸を反らす幼女。

アイザックの方は「誰かさんって誰だろう?」みたいに少しだけ眉《まゆ》を動かしただけで、再び仕事。非難がましいソリスの視線にはまったく気付かない。

「ほんとにいい性格してるな二人とも……」

怒る気も失《う》せたので、自分の椅子《いす》に座る。

マシロも続いてソリスの隣の椅子に座った。

「ときにマシロくん。我がトリス学院はどうかね？」

シェンファが尋ねる。

【ステキな学校だと思います。楽しそうで】

マシロが返答。お世辞というわけでもないのだろう。

シェンファ、機嫌良さげに笑う。

「ふふふ、異界の方にそう言っていただけると嬉《うれ》しいね。楽しいことは何よりも優先されるべきだと私は思う。青春時代は短い。ゆえに思いっきり楽しむべきなのだ。私は生徒達《たち》みんなに楽しい青春時代を過ごしてもらうため、全力を尽くそうと思っているよ」

【ほえー。立派ですねえ】

マシロが拍手。パチパチではなくカチカチという乾いた音。

「……会長。その『生徒達みんな』の中に俺《おれ》達は入ってるんでしょうかね」

幼女に青春時代の貴重さなんて語られたくないなあと思いつつ、半眼でソリス。

シェンファはふんぞり返り、

「当然だろう。この私に便利にこき使われたりどうでもいい雑用を押し付けられたり理不尽な命令に苦しめられたりするのだ。人としてこんなに幸せなことはあるまい」

「はは、会長が言うとあまり冗談に聞こえませんね」

「ん？　何が冗談なのだ？」

「本気かよ！　怖っ！　この幼女怖っ！」

「ちょっとソリス様。気が散るので静かにしてもらえませんこと？」

横から機嫌の悪そうな声。

見ればキャロルが眉間《みけん》に皺《しわ》を寄せて、ペンを片手に書類の束と格闘している。

「ふむ。手こずっているようだねキャロル・カリオストロ」

「べ、べつにそんなことはありませんわ！　この程度の書類、わたくしならあと五分……

……いえ、五十分くらいで……」

「どれ？」

ソリス、書類の束から一枚を手に取る。

無数に並んだ数字と、物品の名前。今月の生徒会予算の収支報告書。

「ソリス・アレクサンドロ、手伝ってやりたまえ。彼女はどんぶり勘定だからね。細かい計算は苦手らしい」

「あ、はい。わかりました」

「べ、べつにソリス様の助けなど必要ありませんわ！　このような、このような計算など一瞬で……ううぅ……」

キャロル、苛立《いらだ》たしげに頭をかかえる。お嬢様だから……かどうかは知らないが、彼女は数字が苦手らしい。でも会計。

ソリス苦笑しながら、流れるように書類を処理していく。虚数が出てくるわけでもなく数字の桁もそれほど多くない普通の足し算掛け算なら暗算で十分だ。

「……さすがですわねソリス様」

悔しげにキャロル。

【ソリスくんって、昔からそういう細かい計算が得意でしたよね。まったくがきのぶんざいでこざかしいです。ちょこざいです】

マシロ、キャロル同様に細かい作業が苦手。

「べつにいいだろ得意でも。つーか、マシロが大雑把すぎるんだよ。そういえば昔、俺《おれ》が魔道薬の計量を頼んだときも目分量でやりやがって家の地下室が爆発――」

と、そこでキャロルとシェンファの訝《いぶか》しげな視線に気付き、ハッとする。

「……昔、ですの？」

「あ、いや、『昔』っていうのはもちろん『二日くらい前』ってことで……。マシロの世界での二日は約十年に該当するんだ。そんな彼女から見たら十六歳の俺なんて赤ん坊に毛が生えたくらいのガキで……」

苦しい言い訳。キャロル達《たち》の目から疑惑の色は消えない。

が、ちょうどそのとき。

生徒会室のドアが乱暴に開かれ、一人の女子生徒が顔だけを覗《のぞ》かせた。

見覚えのある顔——たしか風紀委員だった気がする。

「た、大変です会長！　召喚魔法科の中庭にて、召喚された異界生物が暴走、怪我《けが》人は出ていませんが召喚者や付き添いの教師をはじめ戦闘不能者が続出。至急応援願います」

彼女の言葉にソリスたちは首を傾《かし》げる。

「怪我人が出ていないのに戦闘不能者続出？　部屋に入って詳しい話を聞かせたまえ」

「い、いえ、私はこれで失礼します！　行けば分かりますから！　急いでください！」

そう言って逃げるように首を引っ込める少女。シェンファ、首を傾げながら、

「ふむ……よくわからんが召喚獣の暴走となれば確かに大事だな。たまには私が直々に出陣してやろう。ソリス・アレクサンドロ、ついてきたまえ」

「はいはい」

作業を中断し、ソリスはシェンファに続いて生徒会室を出る。

「わ、わたくしも行きますわ。ちょっと気分転換をしたいと思っておりましたの」

キャロルが立ち上がり、さらにマシロまでそれに続いた。

†

召喚魔法の演習場にもなっている、召喚魔法科校舎の広い中庭。その中央に描《か》かれた魔法陣の中心に、なんかよく分からない生き物がいた。

アメーバのように透明な身体《からだ》で、目も口も見あたらず、身体の中に内臓も見えない。

全長五メートルを超える巨大なウミウシが直立しているような印象。特に何をするでもなく、うぞうぞと魔法陣の中で蠢《うごめ》いている。

召喚魔法によって喚《よ》び出される異界生物には、こういうわけの分からないやつも多い。

【わあ、可愛《かわい》い！】

「……マシロの美的感覚はやっぱりおかしいと思うんだ」

【ええー？】

マシロ、不本意そう。

「ふむ、見たところ大人しい生物のようだが、召喚者はどこだ？」

シェンファが周囲を見回す。中庭に他《ほか》の生徒や教師の姿はなく、彼らは校舎内の窓ガラス越しに中庭の様子を窺《うかが》っている。

「たしか戦闘不能者が続出という話でしたけど……怪我《けが》をしている人は見当たりませんわ

ね。……はっ、まさかあのウミウシに跡形もなく溶かされて……！」

キャロルが緊張を滲《にじ》ませる。

と、そのとき。後ろから含み笑い。

「くくくそんなことはないぞ！　僕らはみんな無事だ」

出てきたのは一人の老け顔の少年。召喚魔法科の制服姿だが、あちこちに大きな穴が空いてボロボロ。特徴であるネコミミも、まるでネズミに囓《かじ》られたかのように無惨。……しかし制服がそんな有様なのに、彼本人は特に怪我をしている様子はなかった。

「貴様がアレの召喚者かね？　皆が迷惑がっている。早く元の世界に送り返したまえ」

シェンファが居丈高に命じると、彼はふんぞり返り、

「くくく、それが出来れば苦労はしませんな会長！　あのウミウシめ、こちらの命令を一切受け付けないばかりか、送還魔法を使おうとした我々を攻撃してくる始末！　……正直僕ではどうにもなりません助けてください……」

「要するに、召喚したはいいが契約に失敗したってわけか」

ソリスが嘆息。すると、

「むむ、そういう貴様はソリス・アレクサンドロ！　とするとそれが噂《うわさ》の使い魔か！」

【あんまりじろじろ見ないでくださいエッチ】

不躾《ぶしつけ》な視線にマシロが抗議すると、少年は冷や汗。

「くっ、悔しいが言葉を自在に操るという話も本当だったようだな……！　仕方ない、今回は負けを認めてやろう！　しかしこれで勝ったと思うなよ！　いつか必ずその使い魔を超える超スゲエ召喚獣を喚《よ》び出してお前の鼻をあかしてやる！」

……要するにこの少年、召喚魔法科でないソリスがマシロを喚び出した（ということになっている）ことに対抗意識を燃やして、無茶な召喚を行ったらしい。

「ふう……事情はなんとなく分かりましたわ」

キャロルが呆《あき》れた顔。

「ソリス様を超えるのはこのわたくしですのに。身の程をわきまえなさい庶民」

「な……っ、いきなりゴージャスなお嬢様に罵《ののし》られてしまったぞ……ハァハァ……」

何故《なぜ》か恍惚《こうこつ》の表情を浮かべている召喚術士の少年を無視して、キャロルは魔法杖《ウイザーズロッド》に魔石をセット。

「あのような怪物、このわたくしが一瞬で蹴散《けち》らして差し上げますわ」

宣言するが早いか、呪文《じゆもん》の詠唱を開始。光精霊《ウイスプ》のランクA、『光輪天衝刃《エンジエル・ハイロウ》』

だが。

キャロルが呪文を唱え終わる直前、突如ウミウシの身体《からだ》の一部が槍《やり》のように伸びて彼女を襲った。

「――――ッ！」

ソリスとシェンファが慌てて無防備なキャロルを守ろうとするも、防御魔法の間に合う速さではない。キャロル、立ちつくしたまま恐怖に目を閉じる。

「やっ、ソリス様……ッ！」

次の瞬間……透明な槍がキャロルの身体を貫――かなかった。

バケツで水を引《ひ》っかけら《ばしゃ》れたよう《っ》な音。

「……え？」

ウミウシの槍はキャロルの身体に当たると同時に水鉄砲のように四散。

彼女の身体を濡《ぬ》らし……その衣服を溶かし始めた！

複雑な意匠の凝らされた精霊魔法科の制服は、あちこち虫に食われたような、見るも無惨な姿になっていく。

「い、いやあああああ――っ!!」

キャロル、その場に蹲《うずくま》って悲鳴を上げる。

「な……！　これは……酸か……!?」

ソリス、慌ててキャロルを凝視する。が、どうやら溶けたのは着ているものだけで彼女の肌は無傷らしい。何故それが判《わか》るかというと制服や下着が溶けたせいでキャロルの綺麗《きれい》な白い肌があちこち大胆にヤバいほど大胆に露出しているからで――

「み、見ないでくださいソリス様！」

「え、あ、ご、ごめん！」

ソリス目を逸《そ》らす。そこへ妙に誇らしげな召喚術士の声。

「くくく、どうだ、僕の召喚獣は凄《すご》いだろう。あいつの身体《からだ》にはどうやら繊維質を分解する特性があるらしくてな、こちらが攻撃しようとすると服を溶かされてしまうのだ！　奴《やつ》を倒そうと不用意に接近した先生や先輩達《たち》はみんな………まあ、その、全裸に」

「か、可哀相《かわいそう》に……『戦闘不能』ってそういうわけか」

心の底から同情する。

と、そのときシェンファが心底愉快そうに笑った。

「ふはははは、なんてバカっぽくて面白い怪物だ！　これはぜひ生きたまま捕獲してじっくり研究しなければ！　この『脱がせ液』さえあればソリス・アレクサンドロを脱がせ放題じゃないか！　ふはははは、くははははは――」


ぱしゃっ。


ろくでもないことを言って哄笑《こうしょう》するシェンファの頭から、水がぶっかけられた。

小柄な身体を包む衣服はみるみるうちに溶けていき、未成熟な肢体が余すところなく外気に晒《さら》される。

「……何故《なぜ》だ」

ずぶ濡《ぬ》れになって、平坦《へいたん》な声でシェンファ。

「……あのウミウシは魔力に反応して攻撃するみたいですからね……。魔法を使うつもりがなかったにせよ、テンションが上がってただ漏れになった会長のアホみたいに膨大な魔力に、身の危険を感じたんじゃないでしょうか」

努めて平静にソリスが分析。

「……ふむ。私としたことが迂闊《うかつ》だった」

この場にいる全員の視線を一身に浴びながら、全裸の幼女は腕組みして仁王立ち。

ソリスの方に可愛《かわい》いお尻《しり》を向けたまま、

「ときにソリス・アレクサンドロ」

「……はい」

「貴様は『禁呪《きんじゅ》』というものを知っているかね。天地戦争時代に開発され、あまりに危険なため戦後は使用を禁じられ魔道書の類《たぐい》も廃棄された、超強力な術のことだ」

「まあ、一応は。…………あの。なんかイヤな予感がするんですが」

「……ここだけの話、私は以前、その禁呪の一つが記された魔道書の写本を読んだことがあってね……ちょっと今ここで試してみようと思う」

「や、やめてください会長！　正気に戻れ！」

「止めるなソリス・アレクサンドロ！　なあに、ちょっと隕石《いんせき》が降ってきてここら一帯が焼け野原になるだけだ！　――かの者《モノ》は最果《サイハテ》ての丘《オカ》に独《ヒト》り立《タ》ち／黒天《コクテン》の彼方《カナタ》／冥王《メイオウ》の星《ホシ》を仰《アオ》ぎ見《ミ》る／約束《ヤクソク》された滅《ホロ》びへの反逆《ハンギャク》／終わり《ハジマリ》の詩《ウタ》を己《オノ》が手《テ》で奏《カナ》で――ひゃわわっ」

本気で呪文《じゅもん》詠唱を始めたシェンファをいきなり後ろから抱き上げたのは、いつの間にか現場に来ていたアイザックだった。

「ええい離せ！　あのウミウシを塵《ちり》も残さず――」

「アレクサンドロ、この場は任せた」

じたばた暴れる全裸の幼女を肩に担いでアイザックが言い、ソリスの返事も聞かず風のように去って行った。

「任されてもなあ……」

ぽりぽりと頬《ほお》をかく。

【ソリスくん、私なら脱がされても大丈夫ですよ】

苦笑。

「そりゃそうだけど、マシロじゃアレにダメージ与えられないだろ。まあ、やるだけやってみるさ。……と、その前に」

ソリス、ボロボロの制服を着て蹲《うずくま》っているキャロルに近づいていく。

「こ、来ないでくださいソリス様！」

顔を真っ赤にするキャロルに、ソリス、彼女の方をなるべく見ないようにしながら、無言で自分の制服の上を脱いで羽織《はお》らせた。

「……え……ソリス……様？」

キャロル、まじまじと薄手のシャツ一枚になったソリスを見上げる。

「運動するから薄着になっただけだ。ちょっと預かっておいてくれ」

「わ、わかりました、わ……」

ぽーっと上気した顔でキャロルは頷《うなず》いた。

【ふむふむ。なるほどー】

……視界の隅でマシロが何やら頷いている。

「な、なんだよ？」

【そうやってフラグを立ててきたんですね……】

「………」

わけのわからないことを言うマシロは放《ほう》っておき、ウミウシに向き直る。

「ソリス様、何か考えがありますの？」

「……別にないけど。力押しで」

端的に答え、ソリスは巨大ウミウシと戦闘開始。

そして言葉通り——速度と魔力に物を言わせ、力押しで攻めまくった。

初手は光精霊《ウィスプ》のランクD『照明光《ライティング》』の高速詠唱／ウミウシが反応するよりも疾《はや》く発動／攻撃力を持たない光球をあさっての方に投げる／ウミウシの触手のような槍《やり》のような『脱がせ液』はそちらに誘導される／さらに『照明光』を連続発動／適当なところへ光球を投げまくってウミウシの攻撃を分散／その隙《すき》に杖《つえ》の魔石を交換＆詠唱開始／火精霊《サラマンダー》のランクB『炎熱障壁《フレイムウォール》』を発動／自分の前に魔炎の壁を構築／ソリス目掛けて伸ばされたウミウシの触手／強烈な炎に阻まれて瞬時に蒸発／反撃開始／火精霊のランクC『烈炎豪弾《ブレイズシュート》』／無数の炎の弾丸／効かず／火精霊のランクB『雷火焦熱陣《ブレイズフィールド》』／ウミウシの周囲を緑色の炎が幾重にも取り囲む／苦しげに身悶《みもだ》えするウミウシの動きに多少の憐憫《れんびん》／内心で詫《わ》びながら魔石交換／蒸発中の敵に最後の魔法／闇精霊《シェイド》のランクA『闇渦への供物《アビスゲート》』／見る間に闇《やみ》の底へと引《ひ》き摺《ず》り込まれていく巨大なウミウシ——……

戦闘終了——所要時間、一分二十秒弱。

「ふう……さすがに少し疲れたな」

淡々と、微塵《みじん》も疲れなど感じさせない声でソリス。そっと指で額の汗を拭《ぬぐ》う。

校舎内で様子を見ていたギャラリーから大歓声《わあああああああああああ!!!!!》。

様々な感情の交じった視線の群れ──賞賛／憧憬《どうけい》／畏怖《いふ》／恐怖──いつものこと。

明日にはこの活躍が全校生徒の間に広まっていることだろう。

「んじゃ、行こうか」

下は脚が露出しているボロボロのスカート、上はソリスの制服という格好のキャロルに言うと、

「あ、はい……あ、あの、ソリス様、制服……」

「君が着替えてからでいいよ。医務室に行けばジャージか何かを貸してもらえると思う。……それじゃ、生徒会室で待ってるから」

「はい……」

キャロル潤んだ瞳《ひとみ》でソリスを見つめ、愛おしげに制服の胸元をきゅっと握った。

彼女に背を向け、生徒会室へ戻る道すがら、

【あーあ、完全にデレちゃいましたねキャロルさん。……ソリスくん、どう責任をとるつもりですか？】

「責任て。当たり前のことをしただけだろ。女の子に恥をかかせるわけにはいかないし」

【うわあ……ソリスくんがいつの間にかナチュラルに立派な紳士になってしまいました……。嬉《うれ》しいけれど何やらフクザツな気分です……】

マシロとともに生徒会室に戻って途中だった仕事をさっさと終え、続いて自分の仕事も急いで片付ける。

戻ってきたキャロルから制服を受け取り、機嫌の悪いシェンファに難題を押し付けられる前にそそくさと生徒会室を退室、白魔法科のある第三校舎へ。

†

目的はもちろん、マシロを人間に戻す方法を探すこと。

一昨日《おととい》ヒカリとメイに「死者を蘇《よみがえ》らせるというのは死霊術《しりょうじゅつ》の分野ではない」と言われたので、他《ほか》に可能性がありそうな魔法体系をあたることにした。

蘇生《そせい》といえば、やはり白魔法。

白魔法＝病気や怪我《けが》を治すため、人間の治癒能力を高めたり傷口を塞《ふさ》いだり血液を精製したりする術を主とする魔法体系。医学とも密接に関《かか》わり、最先端の機械を使うことも多い。昔は主に僧侶《そうりょ》や神官が使う宗教的色合いの濃い魔法だったため、一般の人間が最もイメージと現実とのギャップに驚く魔法体系でもある。

（ない、なあ……）

図書室の閉館時間ギリギリまで粘って白魔法の文献をあたってみたものの、それらしい術は見つからない。

停止した心臓を再び動かす方法、骨折を治す術、肉体を修復する術、細胞からクローンを作る技術――ソリスの知的好奇心は大いに満たされたものの、肝心の『スケルトンを人間に戻す方法』は手がかりすらない。

【ソリスくんは本当に勉強熱心ですね。えらいです】

帰り道、マシロがノートを見せてきた。

既に日は暮れ空には月。暗いので文字が少し見にくい。

「マシロは本ばっかで退屈だったんじゃないか？」

ソリスが文献をあたっている間、マシロはずっと小説を読んでいた。しかしチラチラとソリスの方を窺《うかが》ってきたりと、あまり読書に集中しているようではなかった。

【失礼ですよソリスくん。わたしだって本くらい読みます。文学少女です】

「あー。そういえば、なんか男同士の恋愛ものが好きだったっけ」

【べつに好きじゃないです】

即答。

「そうなのか？　たしか部屋にそういう本があったような記憶が……」

【気のせいです。わたしはおもに、もっと高尚な文学を好みます】

「高尚な文学って言うと、アグリッパ・コーネリアスとかチェロ・セイメルとかカール・

クロイセンとか？」

【そうです】

力強く頷《うなず》くマシロ。

「じゃあイエロウ・スプリングの『空兎《そらうさぎ》』とかも読んでる？」

【もちろんです。あれはわたしのバイブルだと言っても過言ではないでしょう。もう何度読み返したか分かりません。スプリング先生は私の神です】

「……そうか。一年くらい前に出版された、登場人物がみんな重度の変態で、被虐性癖を持つ主人公が身体《からだ》に蜂蜜《はちみつ》をかけた幼女に裸で迫られるシーンを筆頭に頭のおかしい展開が続くことで有名な奇書が君のバイブルなのか」

マシロ、停止。

【もしかすると、他《ほか》の小説と勘違いしていたかもしれません】

言い訳を始めた。

「バイブルなのに勘違い？」

【……なにせ五年のブランクがあるので。わたしが言っているのは、なんていうか、詩のような美しい文体で綴《つづ》られる儚《はかな》い恋の物語で……】

「ああ、もしかして『空の兎《カラ》』のこと？　百年以上前の古典文学……」

【そうですそれです。タイトルが似ているので間違えました】

「……古典文学の中でもとりわけ頭がおかしいことで有名で、作者は脱稿した翌日に発狂し自殺。登場人物は兎《うさぎ》の耳を切り取って自分の性器に収納するのが趣味の幼女や、鳥に進化するのを夢見て寝るとき以外ずっと腕をばたばたさせている青年を筆頭に狂人ばかり。あらすじをまともに説明することが極めて困難で、誰《だれ》が主人公なのかさえ解《わか》らない。最後は何故《なぜ》かみんな全裸になって宇宙に行く。発売以来解説書の類《たぐい》が二十冊以上出版されているという奇書の中の奇書だ。あれをバイブルなんて言った日には精神を病んでいると思われる可能性が高いから、マシロも気をつけた方がいいよ」

笑いそうになるのを堪《こら》えて、至極真面目《まじめ》な顔でソリスは言った。

【……だましましたね。ソリスくんは昔からこざかしいです。超うぜえです】

「別に騙《だま》してないだろ。ていうか、マシロは昔から、分かりやすすぎる嘘《うそ》をついては自爆する趣味があるよね」

【趣味じゃないです！】

「はいはい。……それはそうと、多分メイならマシロの好きそうな本をたくさん持ってるだろうから、借してもらえば？　学院の図書館には置いてないだろうし」

【わかりました。メイさんも文学少女なんですね】

「それはどうだろう……」

そんなことを話しながら、アパートまでもう少しというところまで来た。

そのとき。

「あー、やっときやがったか。おせえよ。何時間待ったと思ってんだ」

不機嫌そうな、柄の悪い男の声。

街灯の下の暗がりから、くたびれたコート姿の中年の男が現れる。金属製の魔法杖《ウィザーズロッド》を持っているところを見ると、魔道士なのだろう。

「その身勝手な物言い、さすがミスター駄目人間ですね。死ねばいいのに」

男の影に溶け込むように、もう一人いた。

濃い紫色のローブを纏《まと》い、髑髏《どくろ》の杖《つえ》を持った無表情な少女。

「どちらさんですか？」

ソリス訝《いぶか》りながら誰何《すいか》。すると男、

「フッ、名乗るほどの者でもねえよ……」

妙に気障《キザ》ったらしい口調で言った。

「おや、自分でもちゃんと解っていたのですね、驚きました。……本人の言う通り、名前を覚えても脳細胞の無駄遣いにしかならないただのろくでなしのクズ、まるで駄目な男、略してマダオなので、どうか気にしないでください」

無表情な少女が淡々と酷《ひど》いことを言った。すると男は慌てて、

「いやいや、ある！　やっぱりあるって！　名乗るほどの者だから！　この俺様《おれ》こそ裏社会にその名を轟《とどろ》かす凄腕《すごうで》の事件屋、ロジャー・アランカル様だ！　驚いたか!?」

「いや、俺、裏社会に詳しくないので……」

正直に答えるソリス。

ロジャーと名乗った男は少し気まずそうな顔。

「そうか……そりゃそうだよな……。普通の学生が知るわけねえか。だが覚えておくといいぜ。かつて禁断の術に手を染め宮廷を追放された過去を持つこの俺の名を！」

「禁断の術……!?」

「へへっ、驚いたか！」

「……宮廷魔導師の採用試験で禁止行為《カンニング》をして試験会場を追い出されたのです。それ以降絵に描《か》いたような転落人生。もっとも、カンニングがバレていなかったところで実力的に宮廷魔導師になれたとは思えませんが」

ニカと呼ばれた少女があっさり真相をバラした。

「ちょ、ニカ、なんでお前がそれを知ってるんだよ！」

「……あの。それで結局、俺に何の用ですか？」

呆《あき》れながら尋ねると、ロジャーはこちらに指を突き出し、

「へっ、用があるのはそっちのスケルトンの方だ」

「マシロに……？」

マシロの方を見る。

【知らない人です】

首を傾《かし》げながらマシロ。

「坊主。大人しくそのスケルトンをこっちに渡してもらおうか。でねえと、ちょいとばかり痛い目を見ることになるぜ？」

「まるっきり小悪党丸出しの台詞《せりふ》ですね。もっと気の利いた台詞は言えないのでしょうか。きっと言えないのでしょうね、可哀相《かわいそう》に。ちんぴらにそのような知性を期待するだけ無駄というものです」

ごつん。

ロジャー、少女を殴る。涙目になる少女。

「……痛いです。いつか殺します。虐殺です」

「だからおめえはちと黙ってろ。で、どうなんだ？」

「どうって言われても。事情も分からずに従えると思いますか？」

「そうかい、だったら力ずくで行くぜ！」

いきなり男が吠《ほ》え、魔法杖《ウィザーズロッド》を振りかぶって突進してくる。

ソリスの言葉は拒絶ではなく「とりあえず話し合いましょう」という意味だったのだが、短絡的な男だ。まさにちんぴら。しかも魔法杖《ウイザーズロッド》を鈍器代わりにするとは。

（……だが油断は出来ない。仮にもプロの事件屋だ）

ソリス、急いで杖《つえ》に魔石をセット。

火精霊《サラマンダー》召喚のための赤い魔石。

杖に精神を集中、呪文《じゅもん》を高速詠唱。

高速詠唱＝ソリスの得意技≠単なる早口言葉。

魔力を乗せない呪文に意味はなく、急げば急ぐほど術が失敗する危険が増大。

一言一言に魔力を乗せ術を確実に発動させるには、それなりの訓練が必要。

「紅蓮《グレン》の輝き／愚連《グレン》の暴力／立ちふさがるは敵／屠《ホフ》れ炎《ホノオ》／盛《サカ》れ炎《ホノオ》／咲《サ》け炎《ホノオ》／震える身に熱を／奮える身に震えを／世界に深紅《シンク》を／世界に真紅《シンク》を／敵に辛苦《シンク》を／吹き荒べ暴力の嵐《アラシ》／**咲かせよ破壊の華！**」

火精霊《サラマンダー》のランクD、『華炎《レッドフラワー》』。

爆音《どかん！！》！

ソリスの声と同時に派手な音が轟《とどろ》き、杖の前方から爆風を伴った赤い炎が吹き出す！

爆発は突進してきたロジャーの身体《からだ》に直撃し、彼を数メートル近く吹っ飛ばした。

「ぎゃあぁうあちぃぃぃぃぃ!!　焼ける！　身体が焼けるぅぅぅっ!!　全身火傷《やけど》で死ぬ

ううううう!!」

　絶叫し転げ回ってのたうち回るロジャー。

　ちなみに爆風と火花による威嚇・牽制《けんせい》に特化したこの術、見た目は派手だが相手が全裸でもなければ全身火傷になるようなことはない。

（……もしかしてこの男、弱い？）

　二発目の呪文を唱えるのを止《や》め、首を傾《かし》げる。

　ニカと呼ばれた少女の方は、男を助ける様子もなく、虫けらでも見るような無関心の目でロジャーを見ているだけ。

　しばらくしてようやく、ロジャーはよろよろと起き上がる。

「くっ……ニカ……このガキ、意外と強いぜ……」

（……牽制用の術でここまでダメージを受ける人間も珍しいな……）

「……ターゲットの所在を調べるついでに集めた情報によれば、彼の名はソリス・アレクサンドロ。トリスメギストス魔道学院精霊魔法科二年生の主席。将来は宮廷魔導師どころか『十二人《ゾ》の偉大《ディア》な魔法《ッ》使い《ク》』入りも確実だと噂《うわさ》される傑物です」

　淡々と言うニカにロジャーが目を剥《む》く。

「ちょっ、ばっ、ニ、ニカ、そういうことは早く言えよ！　ヒョロッとしたガキだと思って油断しちまったじゃねえか！」

「すみません。たとえ油断しなかったところで、虫けら同然のロジャーとトリス学院のエリートであるソリス・アレクサンドロとの力の差をどうこう出来るとは到底思えなかったので、黙っていました」

「そ、そんなことはねえよ……俺《おれ》だって一応トリスの卒業生なんだからな。しっかり作戦を練れば……」

ロジャー、ソリスの方に向き直り、

「へっ、仕方ねえ。今回は見逃してやるぜ！　ほらよ、さっさと行きな」

偉そうに首をくいっと動かし「行きな」と合図。

「いや、行かないから。あんたらがマシロを狙《ねら》う目的だとか、他《ほか》にも知ってることがあれば洗いざらい白状してもらうぞ」

言いながらソリス、ロジャーの方へ近づいていく。

痛い目にあったからか精霊魔法科主席の雷名か、ロジャーは露骨に狼狽《ろうばい》。

「ち、近づくんじゃねえ！　お、おいニカ！　助けろ！」

「私は情報収集担当ですから。か弱い女の子なので、野蛮なことは出来ません」

「ちっ、こうなったら……戦略的撤退だニカ！」

「はい」

頷《うなず》き、少女は軽やかに走り去っていく。

「逃がすか」

ソリス、逃げようとするロジャーの背に再び『華炎《レッドフラワー》』を放つ。爆風《ぼかん》。

「うおうっ！」

ロジャー、痛そうな音を立て前のめりに転倒する。

「さて、話を聞かせてもらおうか……」

立ち上がろうとするロジャーの目の前に立つ。ニカは数メートルほど離れたところからこちらを見ているだけで、助けようという様子もない。

「何故《なぜ》マシロを狙《ねら》う？」

眼鏡を上げながら冷酷っぽく聞こえるような口調で尋ねる。

するとロジャー、いきなりソリスの後ろを指さして、

「あっ、お前のうしろにゾンビがいるぞ！」

……あまりにわざとらしい、ソリスの気を逸《そ》らすための苦し紛れの虚言。

言ったロジャー自身も、こんな手が通じるとは思っていなかっただろう。

しかし、

「な、なにっ!?」

ソリスは反射的に顔を引きつらせて後ろを振り向いてしまった。

『ゾンビ』という単語のチョイスが致命的にまずかった。

虚言だと解《わか》っていても「後ろにゾンビがいる」という言葉はソリスのトラウマを刺激しあのときの恐怖を呼び起こす。

「！　かかったな！」

げしっ！

ロジャーが立ち上がり、後ろを向いたソリスの背中を蹴《け》り飛ばす。

「くっ！」

ソリス、バランスを崩して倒れる。

「はっはっは、こんな手に引っかかるなんてまだまだ甘ちゃんだな！　これが実戦経験豊富な俺《おれ》様の実力よ！　だが今日のところはこのへんで勘弁しといてやるぜ！」

勝手なことを言いながらロジャーがニカと共に走り去っていく。

逃げ足はやたら速い。

立ち上がったソリスが追撃用の魔法を使うよりも早く、二人の姿は見えなくなった。

「ちっ……！」

舌打ち。

【大丈夫ですか？　ソリスくん】

心配そうなマシロに、軽く微笑《ほほえ》む。

「ああ。にしてもなんだったんだあいつらは……。狙《ねら》われる心当たりとかある？」

マシロは首を横に振る。

「そうか……」

まあ、色々と想像はつく。

意思を持つスケルトンなんて珍しいから、売ろうと思えばかなりの高値で売れるだろうし、魔法の研究のために欲しがる連中もいるかもしれない。

（……でもマシロの存在が公になったのは今日だぞ？　早すぎるだろ……）

いずれにせよ、どうも物騒なことになったようだ。

アパートの部屋に残しておくのは、避けた方がいいだろう。

（……マシロは俺《おれ》が守らないと）

あのロジャーとかいう事件屋からだけではなく——これからも、ずっと。

できれば——……彼女を人間に戻したそのあとも。

第Ⅴ章

マシロとともに騒がしい学校生活を過ごし、放課後はマシロを人間に戻すための方法を探すため他《ほか》の学科の図書室に行ったり教師にそれとなく話を聞いてみたりして情報を集め、アパートに戻ったあとは持ち帰った生徒会の仕事に授業の予習復習、図書室で借りてきた文献を読み、たまにマシロとゲーム。睡眠時間は二時間か三時間ほど。

そんな日々が続き、ようやくやってきた安息日。

マシロが来てから一週間以上が過ぎたことになる。

（疲れてるなー……今日は一日中寝ていたい気分だ）

珍しく昼近くまで寝たソリス、目が覚めてもベッドから起きあがらず、ぼーっと天井の染みを見つめる。

この街に来てから……いや、これまでの人生で最も疲れる一週間だったと思う。

マシロを人間に戻すための手がかりは、なし。

まったく進展せず。

専門的な文献の場合、その文献を読むために他の難しい文献が必要になるという場合も多く、学院きっての天才と称されるソリスでも大いに苦戦。

専攻している精霊魔法の文献ですら相当難しいというのに、多分野の専門書などもはや異世界の書物にしか見えなかった。

既に二種類の導師号を持っているシェンファがいかに化け物か実感。

同時に、自分が天才でないことも痛感。

マシロを狙《ねら》ってきた事件屋——ロジャーの襲撃はあれ以来一度もない。

もう諦《あきら》めたのだろうか。

だったらそれをはっきりと教えてほしい。

『もしかすると襲ってくるかもしれない敵』を常に警戒しなくてはならないのは、とても疲れる。

もしかすると、そうやってソリスの精神を疲弊させる作戦なのかもしれない。

ちんぴらの小悪党のくせに、生意気だ。

(…………さて、と)

だんだん脳が煮えてきたので起きることにする。

非生産的な思考をする暇があったら、やるべきことを少しでも進めないと。

学校がない休日こそ、これまでの遅れをフォローすべく頑張るべきだ。

と、そのとき。

マシロがベッドのそばに寄ってきた。

初めて見たときは絶叫してしまったその姿も、一週間も経《た》てば流石《さすが》に慣れる。

ただしマシロ限定。

他《ほか》のスケルトンを見たら、また悲鳴を上げて気絶するダメな確信がある。

スケルトンと一緒に暮らしているのに、相変わらずアンデッドは超苦手。

死霊術《しりょうじゅつ》の文献は怖い挿絵があったりおどろおどろしい描写があったりするので、他の文献の何倍も時間がかかる。

【ソリスくん、今日はずいぶんお寝坊さんなんですね】

昨夜マシロが寝たあと明け方近くまで勉強していたのだが、それは言わないでおく。

もともと、努力している姿を他人に見られるのは好きじゃない。

一緒に住んでいる人《マシロ》にある程度見られるのは仕方ないとはいえ、やっぱり自分は天才でいたいのだ。

果たすべき目的が目の前にあるのに辿《たど》り着ける気配すらない虚飾《ハリボテ》の栄光だと理解していても。

心霊関係のトラウマに限らず……弱いところを見せたくない。

「せっかくの休日だからな。のんびり過ごすのが一番だ」

ソリスが言うとマシロ、いきなり毛布を剥《は》がしにかかってきた。

「んなっ!?」

【ダメですよソリスくん。休日だからってごろごろしてちゃ】

まるで母親かお姉さんみたいなことを言う。ちょっと新鮮。

苦笑しつつ、ベッドから離れる。

「それじゃ、今日も一日中部屋でお勉強といきますか」

軽く伸びをして言うソリスを、マシロ、何か言いたげにじっと見つめる。

「ん？」

【あの、ですね】

珍しく遠慮がちにもじもじと。

【よかったら今日、街を案内してもらえませんか？】

†

というわけでソリス、マシロにカドゥケウス市の案内をすることになった。

【なんだかデートみたいですね（笑）】

街を歩きながらマシロがノートに書いた言葉。

デートみたい（笑）＝デートのつもりはない。

学園都市カドゥケウス市。

三百年前の天地戦争終結直後に、『十二人の偉大な魔法使い《ゾディアック》』の一人ベナンザ・アルキメデスの主導により、『世界の未来を担うための人材の育成』を目的として作られた、世界で最初にして最大の学園都市。

全部で十以上の学校が存在し、その全《すべ》てが『入学者の身分・人種・国籍を問わない』という運営方針を持つ。

学園都市が作られた当初から……つまり大戦終結直後、まだヘルメス人とアメッチ人との間に大きなわだかまりが存在していた時期から、ヘルメス人だろうがアメッチ人だろうがそれ以外の国民だろうが志と才能を持った学生を平等に受け入れ、個々の実力・個性・夢に応じた学校で、最先端の学問を学ぶことを可能としてきた。

……当然ながら、アメッチをはじめとする戦争で敵対した国家からの学生を排斥する運動が起きたりもした。死者も何人も出た。

やはり無謀だったのだという強い批判を受けながら、初代市長にして全ての学校の最高責任者として学園都市の運営にあたっていたベナンザは、それでも方針を変えることなく、『都市内ではヘルメスもアメッチもなく皆平等に夢を追う学生である』という理念を打ち立て、その理念を実現するためのシステムを整備。

その甲斐《かい》あって、国籍に起因する学生間の諍《いさか》いは次第に少なくなっていった。

学園都市で最先端の学問を習得した各国の学生たちは、それぞれの祖国に戻ったあと国の要職につき、彼らの手によって世界は、驚くほどの速度で、驚くほど平和的に、戦禍からの再生を果たし、その後も驚くほどの発展を遂げた。

歴史家の中には、世界への貢献度という点においてカドゥケウス市長ベナンザを、魔王を倒した英雄ルザルカ以上に高く評価する者も多い。

「ちなみにこれがそのベナンザ・アルキメデスの銅像だ」

カドゥケウス市三大観光名所の一つ、アルキメデス公園。

ソリスはマシロを連れ、ここへ来ていた。

案内して欲しいと言われても、四年以上住んでいるとはいえ貧乏学生のソリスは遊び場に詳しくないので、とりあえず観光名所にでも連れて行こうという安易な選択。

【変な格好ですね】

ベナンザの銅像を見た、マシロの率直な感想。

羽織袴《はおりはかま》——大きく袖《そで》の広がったひらひらした上着に、ぶかぶかのズボン。アメッチの男性用民族衣装。

手にはカタナと呼ばれるアメッチ王国の伝統武器。反り返った細い刀身が印象的。武器としての評価は高く魔法剣士科の生徒の中にもこの武器の愛用者がいるが、現代では美術品として見られることの方が多い。

そして最も奇怪なのは髪型《ヘアースタイル》。**ちょんまげ**である。額から頭頂にかけて髪を剃《そ》り上《あ》げ、後ろ髪を結って頭の上に乗せる。意味が分からない。

要するに……サムライの格好だった。

サムライ＝魔法が一般に普及する前の時代の、アメッチ王国の軍人階級。

ベナンザ・アルキメデスが大の中世アメッチ文化狂信者《フリーク》だったことはよく知られており、彼がカドゥケウス市の留学生規制案を断固として拒否し続けたのは単に、あの時代にあって極めて少ない極度の親アメッチ派だったからという説もある。

魔道士の基本思想が『柔』とすればサムライの基本は『剛』。

目的のため柔軟に、合理的に、試行錯誤しあらゆる手段を用いて道を開く魔道士に対し、サムライは『武士道』と呼ばれる独自の理念を持ち、たとえ非合理的であろうと武士道に背くような行いはせず、卑劣な手段で勝負に勝つよりは潔く敗北を選ぶ。

魔道士でありながら、ベナンザはサムライの精神に従い自分の信念を貫き通し、結果として偉大な功績を残した。

……カビの生えた古臭い思想。

ベナンザの場合は様々な幸運に助けられてたまたま上手《うま》くいっただけ。

多くの場合頑迷さはマイナスにしかならず、歴史的事実としても、戦場でサムライは魔道士にまったく歯が立たなかった。

（……それでもまあ、憧《あこが》れる部分がないわけじゃないんだけどな……）

過去に夢を断念したことのある人間《ソリス》には、サムライのように強固な信念を貫く生き様は眩《まぶ》しく映る。

【いつかソリスくんの銅像がこの公園に立つ日が来るのでしょうか】

マシロの言葉に苦笑。

「さあ……どうだろう」

ベナンザ像だけでなく、公園には学園都市の卒業生で何らかの偉大な業績を残した人物の銅像が三百体近く立っている。

敷地がそれほど広くないので、宰相クロウリー像をはじめ、空いているスペースに無理矢理立てたと思われる新しい像も幾つか。

この公園が作られた当初は、学園都市がこれほど多くの偉人を輩出することになるとは思われていなかったのだろう。

ソリス像も、宮廷魔導師の最高幹部『十二人の偉大な魔法使い《ゾディアック》』になるとか新しい魔法理論を確立するとか、新たな異界を発見するとかすれば立つだろう。

そして少なくとも、学院の生徒たちがイメージする『完璧超人《かんぺきちょうじん》ソリス・アレクサンドロ』ならば、将来、確実に何らかの優れた業績を上げるだろう。

【像はともかく、ソリスくんがこれから大活躍することを祈っていますよ】

「……？」

マシロの言葉に微妙な違和感。

まるで……これからのソリスの姿を側《そば》で見続けることは出来ないと言っているような。

どこかへ行ってしまうような……。

【ところでこの人たち、どうして抱き合っているんですか？　この像だけ二人でワンセットになってますね】

マシロが指さしたのは二人の若い男の像。

「ん、ああ。ヘルメスの『十二人の偉大な魔法使い』の一人だった昔のトリス出身の魔導師アレン・モーラルと、レンドール法律学校出身のアメッチ王国軍務大臣ナツキ・ウィンドフィールド。賢暦一八三二年、大物テロリストのシュヴァルツ・ハッピーデイが画策した世界中を巻き込む陰謀事件を、未然に食い止めた大政治家だ。この二人がいなければ世界情勢は再び天地戦争以前に戻っただろうとまで言われている」

【はあ。すごい人たちなんですねえ。それで、どうして抱き合ってるんですか？】

ソリス微妙に口ごもり、

「えーと……二人は学園都市で学んでいた頃《ころ》……まあ、その……性別を超えた恋愛関係にあったらしいんだ。だからシュヴァルツの緻密《ちみつ》な計略でアメッチとヘルメスの政治家の誰《だれ》もが疑心暗鬼になっていたとき、この二人だけは互いを信じ、裏切り者と後ろ指を指されながらも協力し合い、この混乱がシュヴァルツの陰謀であることを突き止めた」

【素敵！　まるで『闇《やみ》に咲く薔薇《ばら》』みたいなお話ですね】

「……あー、昔マシロが無理矢理俺《おれ》に読ませてきたあの小説ね」

とにかく素晴らしいからと押し付けられたので仕方なく読んでみたところ、男性同士の激しい性描写にまだ十歳かそこらだったソリスはドン引きした記憶がある。

【……無理矢理なんて読ませてないです。誤解です。わたしべつにあんなえっちな本好きじゃないですから】

「……そうかよ。ちなみにあの小説のモチーフになったのが、この二人が未然に防いだ陰謀事件……『薔薇庭園事件』だ。主人公のモデルもこの二人だな」

【そ、そうだったんですか！】

しげしげと銅像を眺めるマシロ。

そんなマシロを、公園に来ている人々が不思議そうな顔で遠巻きに眺めている。

どう考えても、どの銅像よりも人々の注意を惹《ひ》いていた。

学院内で騒がれることは少なくなったとはいえ、やはり街に出ればこの有様。

マシロ本人は気にしていないようだが、ソリスとしては彼女が珍獣のような目で見られるのはやっぱり愉快な気分ではない。

不躾《ぶしつけ》な視線を遮るように、像を見て何やら神妙に頷《うなず》いているマシロの側《そば》に立つ。

（早くマシロを人間に戻す方法を見つけないと……）

ソリスは決意を新たにするのだった。

†

観光名所とはいえ銅像しかない公園だとさすがに飽きるのも早く、次はどこに行こうかと迷ったソリス、とりあえず近くにあった川沿いのグラウンドを訪れる。

ちょうどフットボールチームが練習中。

フットボール＝十一対十一で競う球技。ボールを蹴《け》って相手チームのゴールに入れれば得点となる。今でこそプロリーグもある人気の大衆スポーツだが、ルールが洗練される前は殴る蹴る攻撃魔法なんでもアリで、死人が出ることも珍しくなかったとか。

どこの学校かは知らないが、初等部くらいの小さな子供たちが二十人ほど。

学園都市の初等部＝幼くして親元を離れたワケありの子供が多い。幼少の頃《ころ》から英才教育を受けさせるために送られた貴族の子女（たしかキャロルも初等部からの学院生だった筈《はず》だ）か、孤児か。あるいは学園都市で結ばれたカップルの子供。

子供たちに混じり、アホ毛を揺らせて球《ボール》を蹴っている知った顔を発見。向こうもこちらに気付き、手を振りながらやってくる。

「こんにちはソリス先パイっ！　こんなところで会うなんて奇遇ですねむしろこれ絶対運

命ですよ結婚しましょうそうしましょう！」

メイだった。

いつもの黒いローブではなく、白いシャツにショートパンツ。

風になびく金髪と、ショートパンツから覗《のぞ》く健康的な脚が眩《まぶ》しい。

汗を吸った薄いシャツが肌に張り付き、少し透けて見えて、目のやり場に困る。……だって下着つけてないし。

「あー、このおっさんメイねえちゃんのおっぱいみてるー！　えろー！」

メイを追いかけて寄ってきた子供の一人が言った。

「ち、違う、俺《おれ》は別に！　って、お、お、おっさ、ん……!?」

生まれて初めて言われた言葉にショックを受ける。

「こらっ！　失礼なこと言わないの！　ソリス先パイだったらわたしのおっぱい見ても全然問題ないんだから！」

「誤解をまねくようなこと言うな！」

顔を赤くするソリスに、子供たちの値踏みするような視線が刺さる。

「この人がメイねーちゃんの言ってたソリスかー」「なんかよわそー」「勉強ばっかやってたからこんなもやしみたいになっちゃったんだよ」「めがねめがねー！　きゃはは！」「きっとドーテーだぜ」「メイねーちゃん、こんなののどこがいーんだろ」

口々に勝手なことを言うガキどもに、ソリス、頬《ほお》を引きつらせる。

羨望《せんぼう》や嫉妬《しっと》混じりの陰口を叩《たた》かれることはあっても、ここまでストレートな暴言を吐かれたのは学園都市に来て初めてかもしれない。

本気で落ち込むソリスに、マシロがカタカタと歯を鳴らして笑った。

「うおっ、ガイコツがいるっ！」

ソリスの内心も知らず、子供の一人が無邪気な声。

「うわーかっこいー！」「すっげー！　ほんもののスケルトンだー」「頭んなか黒いぜ！　かっこいー！」「さわらしてさわらして！」

……マシロ、何故《なぜ》か大人気。

子供たちはそれきりソリスに目もくれずマシロに群がる。

「すいません先パイ、騒がしくて。あ、この子たちはカールディス帝王学校とフェルナンド魔道学園初等部の混合フットボールチームで、わたしはチームのオーナーと知り合いでたまにコーチに来るんです」

「へー。意外……ってわけでもないか」

むしろイメージ通り。

遺跡の奥で全裸で死霊術《しりょうじゅつ》に励んでいるよりは、よほどメイに似合う。

「ねーねー、一緒に練習しよーよー」「しよーしよー」「こっちこっちー」

マシロが子供たちに引っ張られながらこちらを見る。

【困りました。どうしましょうソリスくん】

困りましたと言いながらあまり抵抗する様子もなくグラウンドの方に引っ張られていくマシロに、ソリス苦笑。

「いいんじゃないか？　遊んできなよ」

子供たちが歓声。

「やったー！いこいこガイコツのおねえちゃん」「はなしがわかるぜメガネのおっさん」

「……おっさんって言うな」

ソリスの苦情は当然のように無視され、マシロと子供たちが走っていく。

すぐにボールを蹴《け》り始める子供たち。

マシロ、パスされたボールを器用に受け止め、ドリブル開始。

奪おうとする子供を華麗に抜き去る。まるでボールが自分の手足のよう。そのテクニックに大きな歓声を上げる子供たち。

……『スケルトンがフットボールをしている』という珍しさではなく、純粋にマシロが上手《うま》いから賞賛しているように見える。子供はすごい。

「すごいですねマシロっち。さすがソリス先パイの使い魔だけあります」

感心するメイに、ソリス苦笑。

「昔から身体《からだ》を使うことにかけては天才的だったからなあ」

「は？　昔から？」

「いや、なんでもない」

慌てて誤魔化す。

「そですか。それじゃ、わたしも行ってきますね、コーチなので！　あ、よかったら先パイもご一緒しませんか？」

「遠慮しとくよ」

「そですか。それじゃ、しばらくマシロっちお借りしまーす」

メイが走っていく。

一人残されたソリス、しばらくマシロたちの遊ぶ様子を見ていたが、不意に大あくび。

陽気に誘われるまま、柔らかな草の上で仰向《あおむ》けになる。

雲が流れるのを見つめながら、いつしか眠りに落ちていった。

†

「先パイ先パーイ、あっさですよー」

メイの声に起こされて目を開けると、既に日が沈みかけていた。

「うお……」

立ち上がる。

いるのはメイとマシロのみ。子供たちはもう帰ったらしい。

起きたのが昼前で、アルキメデス公園で過ごしたのがアパートからの移動時間を含めて二時間ほどだから、今日は日が昇っているほとんどの時間を寝て過ごしたことになる。

ここからアパートまではおよそ一時間くらい。

間違いなく帰る途中で日が暮れるだろう。

作業の遅れを取り戻すどころか、マシロの案内もまともにできなかった。

「なんかすごく時間を無駄に過ごした気分だ……」

ソリスがぼやくと、

「そういう日もたまには必要ですよ先パイ！　ねー、マシロっち」

【メイちゃんの言うとおりですよソリスくん】

ソリスが寝ている間に、二人は大分仲良くなったらしい。

「ねー」と顔を見合わせて笑い合ったりしている。

「……ま、そう思うことにするか」

部屋に帰ったらまた明け方近くまで調べ物だが。

三人、グラウンドから帰路につく。

メイは学院近くの寮住まいの筈《はず》なので、帰る方向は同じ。

なのだが、

「それじゃソリス先パイにマシロっち、わたしはちょっと寄っていくところがあるのでここで。また明日学校でお会いしましょうねー」

メイはソリス達《たち》と反対方向へ。

「あ、そうそう、学院の方に行くんだったらそこの角を右に曲がってまっすぐ行くと近道になりますよ。ちょっと足場が悪いですけど、ほとんど回り道せずに一直線に行けるので早いです。この時間だと雰囲気もいい感じなのでお勧めです。以上、メイちゃんのお役立ち情報でしたっ！」

会ったときから今までずっとハイテンションを保ち続けていたメイが歩いていく。

ソリスとマシロ、メイの言葉に従って角を曲がり、細い道へ。

早く帰りたいので近道できるのはありがたかった。

†

（……しまった）

ソリス、メイの言葉に従ったことを猛烈に後悔。

小道に入って十五分ほどまっすぐ歩き続けると、開けた場所に出た。

たどり着いたのは古アメッチ様式で建てられた古い寺院。

瓦葺《かわらぶ》きの黒い屋根の、老朽化が激しい木造建造物。

……学園都市が作られる前、この地には街があった。

周囲に古代文明の遺跡が数多く残る自然豊かな街で、学者や冒険者など知る人ぞ知る名所として、それなりに栄えていた。

しかし三百年前の天地戦争のおり、街は激戦地となった。

ヘルメスの王都プロメテウスの農業用水として使われているアミナ河。

その上流にあるという戦略的価値に目を付けたアメッチ軍が、突如として大軍を送り込み街を制圧。

街を奪還するべく送り込まれたヘルメス軍との大激戦で街の全域が焼け野原となり、夥《おびただ》しい数の死者が出た。

……しかしごく少数ながら、戦禍を逃れた建造物も存在した。

当時から街の郊外にあったこの寺院はその一つ。

街開発のときに取り壊すなり改修するなりすればよかったのに、延々と先延ばしにされ、ついに三百年経過。

荒れ放題の不気味な寺院。

真っ赤な夕日に照らされ、まるで血を浴びたよう。

メイの言葉――『この時間だと雰囲気もいい感じ』。

アンデッドをこよなく愛し、じめじめした暗いところを楽園と呼ぶ少女の『いい感じ』が、まともなわけがない。

子供達《たち》と遊ぶ溌剌《はつらつ》とした姿を見たせいか、彼女のアレさ加減を失念していた。

(……とにかく早く抜けよう)

たしかにこの寺院を横切るようにまっすぐ行けば、かなり早く部屋に帰れそうだ。

おっかなびっくり歩いていく。

【どうしたんですかソリスくん。なんだか震えてますよ】

隣を歩くマシロの心配そうな言葉。

「いや、夕方だからちょっと寒くて。ここ日当たりも悪いし」

苦しい誤魔化し。

温暖な地方の春、さっきのメイのようにシャツ一枚でも大丈夫なくらい。

【そうなんですか。たしかに風が出てきたみたいですね】

温度を感じることの出来ないマシロ、誤魔化されてくれた。

ざわざわと音を立てる木々。

寒気というか……悪寒。

【ここはいい街ですね】

ソリスの内心も知らず不意に立ち止まり、マシロが言った。

「言い切るのは早いんじゃないか？　今日はアルキメデス公園しか行ってないし」

マシロ、ゆっくり首を振る。

【住んでる人を見れば分かりますよ】

「人……？」

【メイちゃんやヒカリちゃん、アパートに住んでいる人たちや学校の皆さんもいい人ばかりですし、今日街を歩いている人たちもみんな顔色が明るくて活気がありました。この街の人たちはみんな、未来に向かって前向きに生きている感じがします。だからここは、とてもいい街です。住んでる人たちが幸せな街は、いい街です】

「そういうものかな……」

別にみんながみんな、幸せに生きてるわけじゃないと思う。

治安がいいとはいえこの街でも犯罪は毎日のように起きているし、明るく楽しげな学校生活の裏側では、自分が少しでも上に行くために他人を追い落とす激しい競争が日夜繰り広げられてる。ソリスやシェンファの栄光の陰で、泣いたり絶望している人間も大勢いるだろう。

……それでも、この街をマシロが気に入ってくれたことは嬉《うれ》しかった。
これから暫《しばら》くは……暫くで済むかどうかは解《わか》らないが……暮らしていく街だ。
気に入ってくれるに越したことはない。

【ソリスくん。素敵なこの街で、素敵なあの学校で、素敵な人たちに囲まれて、素敵な青春を送ってくださいね。そして、もっともっと素敵な男の子になってください】

引っかかりを覚えた。
どうしてそんな、別れの言葉みたいなことを言うのだろう。
まるで、自分はもう一緒にいられないと言っているように聞こえる。
ソリスを囲む『素敵な人たち』の中に、彼女自身もちゃんと含まれているのだろうか？
ソリスが問いただそうとしたそのとき、
――ガサッ。
不意に後ろの方のしげみが音を立てた。
心臓が跳ね上がる。慌てて後ろを振り向くと、
「くっくっく、そんな驚くなよ坊主。久しぶりだなあ。元気にしてたか？」
現れたのはくたびれたコート姿の男ロジャーと、ローブ姿の無表情な少女ニカ。

「こんな人気のない場所に来てくれるとはな。ずっと尾行してた甲斐《かい》があったぜ。さあ、大人しくそのスケルトンを渡しな」

「……やっぱりまだ諦《あきら》めてなかったのか」

ソリス、マシロを庇《かば》うように立つ。こんなダメっぽい男の尾行に気付かなかったことを微妙に恥じながら。

「当たり前だ。引き受けた仕事はきっちりこなすデキる男。それがこの俺《おれ》、ロジャー・アランカル様だ」

「自分で自分のことをデキる男だなんて、恥ずかしいですねロジャー。近づかないでもらえますか。知り合いだと思われたくないので」

ニカが淡々と毒舌。

「……しかし確かにここはいい場所ですロジャー。一日中ミミズのように無様に地面を這《は》い蹲《つくば》り途中で不審者と思われて警察に通報されつつも頑張って尾行していた甲斐がありましたね。まあどこからどう見ても不審者というか間違いなく犯罪者なのでそのまま捕まっていた方が社会のためだったのかもしれませんが、クズにしてはよくやったと褒めてあげてもいいです」

ごん。

「……痛いです」

「這い蹲ってねえし通報もされてねえ。通報されそうになったときは『娘の探偵ごっこに付き合ってやってる』と言って切り抜けた。機転のきくイカした男、それが俺」

「……娘と言われたときはちょっと嬉《うれ》しかったです」

「ん？　なんだって？」

「死ねばいいのにこの性犯罪者、ロリコンは病気ですよ……と言ったのです」

「誰《だれ》がロリコンだ！　ガキに興味はねえんだよ！」

そしてロジャー、ようやく漫才を終えてソリス達《たち》の方に向き直る（ロジャーの後ろではニカがぷくーっと可愛《かわい》らしく頬《ほお》を膨らませていた）。

「ほら、さっさとそのスケルトンをよこせ。でないと痛い目を見るぜ？」

杖《つえ》を構えるロジャー。

ソリス、杖に風精霊《シルフ》用の緑の魔石をセット。冷たい目でロジャーを見据え、

「……どう考えても痛い目を見るのはそっちだろう。魔法戦で俺に勝てるとでも？」

自惚《うぬぼ》れでもなんでもなく、冷静に彼我戦力を判断した上での発言。

「けっ、ちょっと学校のお勉強がよく出来るからって調子に乗るなよガキが！」

ロジャーが悪態をついている間にソリス、呪文《じゅもん》を高速詠唱。

「回り《マワリ》／回り《マワリ》／回り《マワリ》／廻り《マワリ》／巡り《メグリ》／蒼天《ソウテン》の霹靂《ヘキレキ》／碧天《ヘキテン》の華礫《ソウレキ》／男は夢半ばにして焔《ホノオ》の恒星《ホシ》に朽《ク》ち逝《ユ》くだろう／瞬きのsunriseの前で翼は折れてしまった／天空のtyrantは誰《だれ》もその前

を飛翔《はばたく》することを許さない／慈悲はいらぬ／ただ暴威を／打ち砕け！」

「ちょっ、不意打ちって卑きょ——ぶほっ!?」

風精霊《シルフ》のランクＣ——『乱風衝拳《ウインドフィスト》』。

無数の圧縮された空気の塊が、ロジャーの身体《からだ》を抉《えぐ》るように激しく打ち付ける。

背《どかっ！》を、頭《どかっ！》を、腹《どかっ！》を、腰《どかっ！》を、顎《どかっ！》を、脚《どかっ！》を、腕《どかっ！》を、見えない風の拳が殴《どかどかどかどかどかどかっ！！！》りつける。

殺傷力は低いが、空気ゆえ視認して避けることが困難な術。

護身用に、喧嘩《けんか》用に、闇《やみ》討ち用に、精霊魔法科の学生には大人気。

「ちょっ、ぶぼっ、ごっ、ぐげっ、か、勘弁しぼっ、でっ、くだっ、さっ、い……」

対策を知っていれば余裕で破れる術だから、とりあえず牽制《けんせい》用に「効いたらラッキー」くらいのノリで使ったのだが。

「……やっぱりめちゃくちゃ弱いなアンタ……」

涙目になって謝ってきたロジャーに、呆《あき》れたソリスは風精霊の暴行をやめさせる。

「……ぐ……うお……」

ぐったりとうつぶせに倒れているロジャーに近づきながら、

「……さて、とりあえず話を聞かせてもらおうか。さっき『引き受けた仕事』って言ったな？　まずはその依頼人の名前は教えてもら……ん？」

倒れているロジャーの口から何やらぶつぶつ言葉が聞こえてくる。

「……を……死……で……／……暗い……恨／……」

（俺《おれ》の悪口でも言ってるのか……？　いや違う！　これは――）

呪文《じゅもん》！

その刹那《せつな》。

ロジャーとソリスの間の地面が盛り上がり、土の中から一体のゾンビが出現。

「……！」

言葉を失い立ちつくすソリス。

ゾンビが不気味な呻《うめ》き声を上げながら、剥《む》き出《だ》しの白目でソリスを睥睨《へいげい》。だらしなく開いた口から不気味な呻きと濁った唾液《だえき》を垂れ流し、薄汚れたボロボロの服の下から見えるは腐った肉。

ゾンビの出現はその一体に留《とど》まらなかった。

ロジャーを守るようにして、地面のあちこちから這《は》い出てくるゾンビ達《たち》。

ゾンビだけでなく、スケルトンも、犬や猫や鳥や猿のゾンビやスケルトンまでも。

ゾンビたちは皆、死体の損壊が激しく、眼球や内臓が飛び出しているのが当たり前、生物だった頃《ころ》の姿が想像できないほどにグロテスク。

スケルトンたちは皆、酷《ひど》く汚れ、骨のあちこちが欠け、その姿は異様に禍々《まがまが》しい。

遺跡で遭遇したときはキャロルやアイザックの後ろで隠れていたから、現実でこんな至近距離でゾンビを見るのはトラウマを負って以来初めてのこと。

まるで五年前の光景の再現。

恐怖が一気に精神を食い尽くす。

「あ、あ……ああ……」

ソリス、声を出すことすら出来ない。呼吸が困難になる。眼球が麻痺《まひ》する。

ロジャーが立ち上がり、震えるソリスを見て哄笑《こうしょう》。

「がはははははは！　恐怖で動けねえかエリートちゃんよお!?　やっぱり俺様《おれ》の予想通りだったようだな！　『後ろにゾンビがいる』っつったらやたらとびびってやがったし、遺跡でもアンデッドと戦うのは他《ほか》の奴《やつ》らに任せきりにしてやがったし……くくく……小僧、お前、さてはあれだろ！　ズバリ——」

「……！」

（やめろ……それ以上言うな……！）

ソリスの心の叫びは声にならない。

「お前、アンデッドが怖いんだろ!!」

指を突き付け、大声で。

ソリスの後ろにいるマシロにも確実に届く声で。

ロジャーはソリスが必死で隠していた秘密を暴き立てた。

「……何を自分の手柄のように誇っているのですかロジャー。『ソリス・アレクサンドロはアンデッドが苦手かもしれない』とあなたに教えてあげたのは私です。それをさも自分で考えたかのように得意げにべらべら喋《しゃべ》るとは、さすが小悪党はやることが違います。誇りの欠片も感じられません」

ロジャーの背中を半眼で見ながらニカが言った。

「こ、細かいことは気にするなって！　いいじゃねえかよニカ、俺たちは他人じゃねえんだからよう！」

「！　……それは、まあ……はい、そうですね……」

微《かす》かに頬《ほお》を赤らめ、ニカは目をそらした。しかしその様子はロジャーには見えない。

「さて小僧……さっきはよくもやってくれたなあ⁉」

動けないソリスの前にロジャーがやってきて、蹴《け》り。

「……う」

バランスを崩し、弱々しく倒れるソリス。手を離れた魔法杖《ウィザーズロッド》が地面に転がる。

ロジャー、さらに追い打ちで蹴り。蹴り。蹴り。

ソリス、無抵抗。

「がっはっはっ！　こいつは最高に愉快だぜ！　トリス学院が誇るエリートさんを、この俺《おれ》様が足蹴《あしげ》にする！　たまらんなあおい！」

小物感丸出しの、下品で耳障りな笑い声。

ロジャー、手にした杖《つえ》でソリスの眼鏡を持ち上げ、顔から外す。

得意満面の顔でその眼鏡を足で思い切り踏みつける。硝子の砕ける《パリン》音。

「く……そ……っ！」

こみ上げる屈辱と怒りにまかせて顔を上げる。

が、どこを見てもアンデッドアンデッドアンデッド。

術者から命令を受けていない動く死体達《たち》はただじっとソリスの方を見下ろしているだけなのに、奴《やつ》らが視界に入った瞬間に身体《からだ》が凍り付いたように動けなくなる。

ソリス暴行を受けるがまま《げしげしげしげしげし》。

久々に受ける肉体的な暴力の痛みと、その他諸々《ほかもろもろ》の負の感情。

と、不意に暴行が止まる。

「おっと、ちっとばかしやりすぎちまったかな！　すまんかったな坊や。ま、上には上がいるってこった。これにこりたら俺様に逆らおうなんて思わねえことだな！　ほら、これやるから勘弁してくれよお坊ちゃん！　ぎゃはははは！」

嘲笑《ちょうしょう》とともに、ソリスの目の前に何か小さなものが転がる。

……あめ玉。

（どこまで……どこまで侮辱したら気が済むんだこのクソ野郎……！）

屈辱と、まともに戦えば絶対に負けないようなザコキャラに足蹴にされるしかない自分の情けなさに、反吐《へど》が出そうだった。

（絶対に……殴る……！）

「さて、そんじゃあさっさとスケルトンを回収して、ホーリーの旦那《だんな》から報酬をたんまり――ってぼばっ！」

打撃音《どかっ！！》。

報復を決意して目を開けたソリスの眼前で、突如としてロジャーの顔が歪《ゆが》んだ。

ロジャーに見事なまでに綺麗《きれい》な右ストレートをぶちかましたのは、夕日に照らされて輝く一体の真っ白なスケルトン。

「て、てめえ！　よくもやりやがったな！」

ロジャーがマシロにつかみかかる。

マシロ、ロジャーの拳《こぶし》を軽やかにかわし、その腕をとり――

背負い投げ。

べごっっ!!

「むぎゅう……」

派手な音を立て地面に強《したた》かに打ち据えられ、ロジャー、白目を剥《む》いて気絶。

魔法だけでなく肉弾戦も普通に弱かったらしい。

ロジャーが気絶すると、アンデッドの群れは霧が晴れるように消えていく。

「……幻影……か」

普通に考えれば当たり前だ。あれだけの数のアンデッドを特別な術具も儀式もなく、倒れた状態での呪文《じゅもん》だけで瞬時に作り出すなど、ソリスの両親やメイやヒカリ、あるいは先祖デューマですら恐らく不可能だろう。

「マシロ……」

立ち上がり声をかけると、マシロはソリスに向き直り、じっと見つめてきた。

情けない自分を蔑《さげす》んでいるのか、笑っているのか……闇《やみ》しかない眼窩《がんか》からは読み取ることは出来ない。

ソリスは目をそらした。

不意にマシロ、ぶら下げたノートに文字を書き始める。

書かれた言葉は、

【ソリスくん、アンデッドが怖いんですか？】

……相変わらず、遠慮も容赦もなくいきなり核心を突いてくる。

思わず苦笑しながら、「……ああ」と頷《うなず》く。

【いつからですか?】

もはや隠し事の出来る状況ではない。正直に白状するしかなかった。

「……前に大量のアンデッドに追いかけ回されてね。それ以来、心霊関係が大の苦手になったんだ」

【それはいつですか?】

「………えーとたしか、三年くらい前……だった、かなあ」

それでも誤魔化そうとする。が、無駄なあがき。

「…………五年前だよ」

【正直に答えてください】

【どうしてそんなことになったんですか?】

観念する。

「……マシロを生き返らせようとした。そのとき術が暴走して……墓場中にアンデッドが出現して一斉に襲いかかってきた」

……暫《しば》しの間。

【わたしのせいだったんですね】

恐れていた通りの反応——全力で否定。

「ち、違う!! しっかり術を制御できなかった俺《おれ》が悪いんだ! マシロには何の責任もない! 俺が勝手に術に失敗して勝手にアンデッドに追い回されて勝手にトラウマになっただけだ! 悪いのは全部俺だ!」

【ソリスくん、本当はわたしのことも怖かったんですね】

……!

ソリスは絶句した。

一週間前、マシロがソリスの部屋にやってきたとき……純粋な恐怖から、ソリスは悲鳴を上げて気絶した。

ガイコツの正体がマシロだと知ってからも……その姿を見るたびに、ソリスの身体《からだ》は反射的に震えていた。

一番知られたくなかった事実を、ついに知られてしまった。

【怖がらせてすいませんでしたソリスくん。気付かなくてごめんなさい】

「だからどうしてマシロが謝るんだ……! 悪いのは全部――」

【でも安心してください】

「……?」

いきなり不可解な言葉。

安心？

【わたし、そろそろいなくなりますから】

驚愕《きょうがく》するソリスに、マシロ、静かにただ字だけを書き連ねる。

【わたしの身体は、魔力で動いています。一週間くらいで魔力はなくなっちゃいます。そしたらわたし、ただの骨に戻ります。これまで魔力の消費をおさえるために、あんまり激しく動かないように気をつけてたんですけど……そろそろ限界みたいです】

「な……!?」

……そこでソリスは気付く。

マシロの身体から、うっすらと黒い霧のようなものが溢《あふ》れていることに。

アンデッドはただ存在しているだけで魔力を消費し、魔力が尽きれば死体に戻る。

死霊術《しりょうじゅつ》を学ぶ者にとっては常識。もちろんソリスも知っている。

「魔力なんて補充すればいいだろう！　どうすれば補充できる!?　普通のアンデッドと同じでいいのか!?　何か儀式が必要なのか!?　もしかして生け贄《いけにえ》がいるのか!?　必要ならなんだって……！」

【おしえてあーげない】

「ふざけてる場合かよ！」

激高するソリスに、マシロはゆっくりと首を横に振った。

【ソリスくん。死んだ人は、生き返っちゃいけないんです】


「……ッ！」

……前にヒカリも言っていた。

『死者を蘇《よみがえ》らせる』という発想は、死霊術《しりょうじゅつ》にはないのだと。

『死体はただの物体にすぎない』——それが死霊術の大前提なのだと。

【本当は、ソリスくんの知らないところで消えればよかったんですけど……どうしてもソリスくんがどうしているか気になっちゃったんです。ごめんなさい】

「だから……謝るなよ……！」

【この一週間、ソリスくんや、ソリスくんの周りの人たちや、ソリスくんの住んでいる街を見てきて、わたし、わかりました】

マシロ、力強い筆跡で言葉を綴《つづ》る。

【ソリスくんは、わたしがいなくても大丈夫です！！！】

（……そういうこと、か……）

マシロのこれまでの言動を思い出す。

遺跡調査のとき勝手についてきたり、恋人がいるのかどうか訊《き》いてきたり、学校でいじめられているのかと心配してきたり、突然街を案内しろと言ってきたり。

全部……ソリスのためだったのだ。

マシロは最初から、ソリスがこの街で元気でやっていることを確認できたら、消えるつもりだったのだ。

【あ、そうそう。メイちゃんやあの子たちに伝えておいてください。久しぶりに思いっきり身体《からだ》を動かして、とっても楽しかったですよって】

フットボールのような激しい運動は、魔力を一気に消耗する。

それを理解しながら、マシロはあえてやった。

ソリスはもう大丈夫だと、確信してしまったから。

【わたしのことは綺麗《きれい》な思い出にして、ソリスくんは未来に進んでください。いつまでも死んだ幼なじみに縛られていてはダメです。ソリスくんは、友達や、たとえばメイちゃんみたいな可愛《かわい》い女の子と、一緒に遊んで、一緒に勉強して、一緒にご飯を食べて、一緒にえっちなこととかもして、それで幸せにならなきゃダメです。いつまでも死んだ人《わたし》なんかが『世界で一番大切な人』じゃ、いけないんです】

「マシロ……！」

震える声で名を呼ぶ。

そのとき。

「……あのう。二人で盛り上がっているところ大変恐縮なのですが」

淡々とした声。ニカが眠たげな無表情でこちらを見ている。

「……まだいたのか。このおっさんを連れてさっさと帰れ」

ニカは首を振った。

「そうはいきません。ノートが見えないので細かい事情はわかりませんが、どうやらスケルトンさんにはあまり時間が残されていないと推察します。だから急いでスケルトンさんを回収しなくてはなりません。幸いにして、私は魔力そのものを凍結させる術具を所有しています。責任をもって依頼人のもとに送り届けますのでご安心ください。もちろんその間、スケルトンさんは仮死状態になるわけですが。……スケルトンに仮死というのもおかしな話ですね。あと、なにぶん特異なケースですので、解凍後スケルトンさんの意思や記憶がどうなるかは解《わか》りません。サポートの範囲外です」

　感情が見られない少女の声に不気味さを覚えつつ、

「ふざけるな！　マシロは渡さない。マシロは……俺《おれ》が守る！」

「そうですか。では野蛮ですが力ずくでいきましょう。時間もないようですし。ゲルニカ・バーンフィールドの死霊術《ネクロマンシー》、ご覧ください」

　そして少女は目を閉じ高速で呪文《じゅもん》を詠唱。

　杖《つえ》の先端、髑髏《どくろ》を模した飾りが怪しく光る。

「まっくらなヤ／ミのなかでワ／タシはいつもひとりぼっちでし／たでもさびしくなどあ／りませんでし／たそれはトモダチがいたか／らですみんながいっし／よならさびし／くあり／ませ／んずっと一緒死ぬまで一緒／死んでも一緒／狂え狂い／喰《ク》らえ喰らい／ここは暗いぞ騒ごうぞ／みなみな仲良く狂おうぞ／愉《タノ》しく黄泉《ヨミ》路を惑おうぞ／誰《だれ》も彼も彼も誰も／皆々《ミナミナ》なかよく黄泉比良坂《ヨモツヒラサカ》へ引きずり堕《オ》ろせ――……」

　聞き覚えのない変調が激しい呪文を、時に謳《うた》うように、時に囁《ささや》くように。

　そして最後にゲルニカは目を見開いて叫んだ！

「みんなでなかよく玩《ほろ》びましょう！　『焼け野が原白骨園《ホワイトバーンフィールド》』!!」

　次の瞬間――ソリスのすぐ近くの地面が土煙を上げた。

　現れたのは薄汚れた一体のスケルトン。

他《ほか》にもいたるところから人間や動物のスケルトンの群れ。

「なにかと思えば……ただの幻術か！」

さっきロジャーが使ったのと同じ。だが、出てくるのは骨ばかり。ロジャーの術のほうが余程おどろおどろしくて不気味だった。

……それでも、もちろん怖い。

だが、いかに恐ろしい光景だろうと、現実に殺傷力を持たないことが分かっているならどうにか対処できる。

目を閉じて、術者である少女を倒すための術を詠唱開始。

「広範囲攻撃魔法で一気に幻術ごと吹っ飛ばす！　降参するなら今のうちだ！　悪いけど余裕がないからな！　骨の二、三本くらいは覚悟してもらうぞ！」

だが、

「ロジャーの幻術《へっぽこ魔法》と一緒にしないでください。失礼なお兄ちゃんですね」

淡々と言って、ゲルニカはなんと、自分の近くにいたスケルトンの頭蓋骨《ずがいこつ》をもぎ取り、それをボールのようにソリスに投げつけてきた。

ごつっ。

「つ……っ!?」

確かな痛みを感じてソリスは焦る。

足下に転がる髑髏《しゃれこうべ》と目が合い、全身の毛が逆立つ。

「ほ、ほん、もの……？」

震える声で言うソリスにゲルニカ、

「先ほども言いましたが……ここは本当にいいところですね。地面の下には戦争で死に塵《ゴミ》のように集められ捨てられた骨が大量に埋まり、墓も建てられないまま三百年も放置された死者達《たち》の怨念《おんねん》が澱《おり》のように蠢《うごめ》き、異界への門が非常に開きやすいのです。そのへんの墓場よりも遥《はる》かに素晴らしい、絶好のねくろまスポットです」

……この場所が死霊術《しりょうじゅつ》に適した場所というのは事実だろう。

だが、だからといって流石《さすが》にこれはあり得ないと思う。

こんな数のアンデッドを一気に作り出すなど、優れた死霊術士《ネクロマンサー》が数人がかりで大規模な儀式を行って、ようやく可能になる芸当だ。

「みなさん、その綺麗《きれい》な白いスケルトンさんを捕まえてください」

ゲルニカが淡々と指示を出す。

わらわらと一斉に、マシロに向かって歩き出すスケルトンの群れ。

動きは鈍い。だが数が多すぎる。

広場を埋め尽くすほどの包囲網をかいくぐるのは至難。

「と、とにかく逃げろマシロ！」

恐怖で足がすくんで動けない自分に、情けなくて涙が出そうだ。

「逃げないでください。逃げたらソリスさんを生きたまま少しずつ切り刻みます」

ゲルニカの声。動き出したスケルトンの陰にいて姿は見えない。

「俺《おれ》のことは構うな！　逃げろ！」

本当は助けてほしい。

この恐怖から逃れられるのなら、何でもしようとさえ思えてくる。

それでもソリス、精一杯の虚勢を張る。

……しかしマシロは逃げなかった。逃げないだろうとはソリスも思っていたが、やっぱり逃げなかった。

それどころか、ソリスを庇《かば》うように立ち、腕を大きく広げる。

「……それはつまり、大人しく私についてくるということでいいのでしょうか？」

マシロ、ゆっくりと頷《うなず》く。

「それはよかった。皆さんストップです」

ゲルニカの命令でスケルトン達《たち》の動きが止まる。

マシロ、ゲルニカの方へ一歩踏み出す。

「マシロ！」

呼びかけるソリスに振り返り、ノートに文字を書き、大きく広げる。

【さよならです、ソリスくん】


この上もなくハッキリした、別れの言葉。

それきり振り返ることなく、マシロは歩いていく。

全身から吹き出す黒い霧はその勢いを増し、まるでソリスを拒絶するかのよう。

(このまま……マシロの言うとおり、マシロのことは綺麗《きれい》な思い出で終わらせて自分の道を進めばいいのか？　これまで通り完璧超人《かんぺきちょうじん》ソリス・アレクサンドロを演じて、そのうち恋人でも作って、宮廷魔導師になって出世して、銅像でも建てられて……そんな絵に描《か》いたような完璧な人生。絵に描いたようなハッピーエンド……)


だがそこに、彼女はいない。

そのハッピーエンドの中には、マシロの姿がない。


それだけで答えは出た。

(いいわけないだろ……いいわけないだろ……)

ソリス、絶叫。

「いいわけないだろそんなのッ!!」

ゲルニカがきょとんと目を開き、マシロが振り返る。

「ふざけんな！　そうやって自分で勝手に納得して俺《おれ》の前から消えて、そんな終わり方、俺は絶対認めない！」

マシロ、乱れた字で、

【わがままを言わないでくださいソリスくん】

さらに次のページに、

【もう、終わってるんです。五年前に】

ソリス、即座に否定。

「終わってない！　いや、たしかに五年前に一度は終わったけど、また始まった！」

さらに声を張り上げる。

「死者は生き返っちゃいけない？　ハッ、そりゃそうだ！　だけどな！　**実際に生き返っちゃったものは仕方ないだろう!!**　倫理も道徳も死霊術《しりょうじゅつ》の大原則も知ったことかよ!!　俺の中では……この王立トリスメギストス魔道学院が誇る稀代《きたい》の天才にして完璧超人《かんぺきちょうじん》ソリス・アレクサンドロの中では!!　今ここにこうしてちゃんと生きている好きな女の子を見捨てるような人間は、最低のクズなんだよ!!　そんな格好悪い真似《まね》が出来るか!!　そんな自分が許せるか‼」

　ゲルニカ、嘲《あざけ》るように小さなため息。

「そんなにもガタガタ震えながらよく吠《ほ》えますね……。呆《あき》れてしまいます。私、その厚顔無恥ぶりに驚きを禁じ得ません。完璧超人なんてどの口が言うのでしょうね？　ロジャーの陳腐な幻術にさえ恐怖のあまり動けなくなるような情けない人が――」

「そうだよその通りだよ！　完璧超人なんてハリボテの栄光だ！　実際の俺は本物のアンデッドどころかホラー小説の挿絵を見ただけで泣きたくなるようなチキン野郎だよ！」

　ソリスは開き直った。覚悟《かくご》を決めた。

「だからッ‼　だから俺は、そんな格好悪い俺を、全力で否定するッ‼　完璧超人というハリボテを、本物にしてみせるッ‼　学院のみんなが思い描いてるような格好いいソリス・アレクサンドロに、俺はなってやるッ‼」

　叫び、ソリスはマシロに駆け寄る。

　驚くマシロを思い切り抱きしめ――


　キスをした。

　むちゅううううう……などという擬音のまったく相応《ふさわ》しくない、マシロの肉のない唇……というか、歯に、自分自身の唇を押し当てた。
「な、ななにを……そんな、あだるとです……！」
ゲルニカが狼狽《うろた》えた声を上げる。
見る間に……マシロの身体《からだ》から黒い霧の流出が止まる。
唇を離す。
【ソリスくんのえっち】
ソリス、苦笑。
「……どうやら俺《おれ》の予想通りだったみたいだな」
……マシロがやってきた日、彼女はいきなりソリスにキスをしてきた。
あれは魔力の補給行為だったのだ。
マシロは先ほど、自分の動力源たる魔力は一週間ほどでなくなると言った。
だがマシロの墓《レンデアの街》からここカドゥケウス市までは、徒歩で一週間以上はかかる。
では、マシロが大陸鉄道に乗れたとも思えないし……計算が合わない。
マシロはいつ、魔力を補充したのか？
心当たりは一つしかなかった。
もしも間違っていたら打つ手無しだったのだが、どうにか賭《か》けに勝った。
【無茶しないでください。こんなに震えて】

マシロ、ソリスの涙を指先で拭《ぬぐ》う。

肉のない、体温のない、骨だけの指先。

それなのにその指は、不思議と温かかった。

ソリス、マシロに微笑《ほほえ》む。

こんなにもマシロの顔を近くで、真っ直ぐに注視したのは初めてだ。

だから今初めて、ソリスは気付いた。

闇《やみ》を湛《たた》えた眼窩《がんか》の奥……頭蓋骨《ずがいこつ》の奥の方に、何やら黒く光るものがあることを。

それは宝石のように見える。

（……黒い宝石……黒い……魔石）

見覚えがあった。

五年前、ソリスがマシロを生き返らせるときに使った魔石。

魔石の強大な力を制御しきれず、術が暴走し墓場にアンデッドが溢《あふ》れた。

「マシロ、この石は……」

【わかりません。でも多分、この石のおかげでわたしは生き返ることが出来たんだと思います】

……そういえばあのときは逃げるのに必死で、この魔石がどうなったのかなんて考えもしなかった。まさかマシロの頭蓋骨の中にあったとは。

「ちゅーちゅーちゅーちゅーちゅー……いやらしいですね」

不機嫌そうにゲルニカが言う。

「それはともかくスケルトンさん。私と一緒に来ていただけるという約束は……」

【なかったことにしてください】

「……おとなって汚いです」

【わたし、まだ14歳です】

「ええっ⁉」

ソリスがびびった。

……よく考えると、マシロが死んだときソリスが十一歳だったから、三歳年上だったマシロは享年十四歳。

あれから五年経《た》ったが、普通に考えれば土の中で死んでいる間は年をとらないだろう。

……つまり死んだときの年齢のまま。

(そっか……俺《おれ》はもう、マシロより年上なんだ)

初めて気付いた。

「十歳の私からすれば、十四歳なんてもうオトナです。ロジャーの守備範囲です。って、そんなことはまったくどうでもいいのです！」

ゲルニカ、ノリツッコミ。

「従わないのであれば力ずくです。スケルトンの皆さん、この二人をこてんぱんにしてあげてください！」

命令に従い、スケルトン達《たち》が再び一斉に動き出す。今度はソリスもターゲット。

慌てて杖《つえ》に赤い宝石をセットしようとするが、手が震えて上手《うま》くいかない。

(格好いい完璧超人《かんぺきちょうじん》になるって誓ったばかりなのに！　くそっ、情けない……！)

と、そのとき。

マシロが、ソリスの手に自分の手を重ねてきた。

真っ白な——骨。

マシロに触れられている、ただそれだけで身体《からだ》の震えが収まってしまった。

(まるで魔法だな……)

急いで魔石をセット。

右手で杖を構え意識を集中。

左手でマシロの手を握り返す。

(力が湧《わ》いてくる……！)

彼女を守りたいというソリスの決意が力になっているのかと思った。

が、違う。そんな精神論的なものじゃない。

実際に、黒い魔石の凄《すさ》まじい魔力が、マシロを通して流れ込んできているのだ。

この感覚には憶《おぼ》えがある。五年前と同じ。

（だが今度は暴走したりしない！）

高速詠唱を開始。

「深い深い大地の底／煮えたぎる灼熱《しゃくねつ》／猛《タケ》り狂う神よ／怒《イカ》り狂う神よ／極彩《ゴクサイ》の真紅《シンク》／災厄《サイヤク》の業火《ゴウカ》／最悪《サイアク》の劫火《ゴウカ》／ゲヘナを構想／焼き尽くせ／大地を裂け／道《ミチ》を空けよ／これより王が通る／未知《ミチ》を空けよ／大地に充ち《ミチ》よ／今ここに新時代の幕を開ける――……」

唱えるは、火精霊《サラマンダー》のランクA。

ランクB以上の術＝並の魔道士だと呪文《じゅもん》詠唱だけでは使用できず、入念に儀式や道具の準備をしなければならない高度な術。

「煉獄《れんごく》を顕現せよ！　『煉獄饗宴《ゲヘナフレイム》』！！！！」

唱えるが早いか、魔石から巨大な火の球が噴き出し、竜巻のように回転して敵を討つ。

ソリスの眼前に迫っていた一体のスケルトンが、一瞬にして灰になった。

一体を焼き尽くしただけでは炎は収まらず、そのスケルトンの背後にいたスケルトン数体を巻き込んでなお炎の竜巻は暴れ続ける。

ソリス魔石を交換、さらに詠唱。

「晴れすぎた空／切れ間ない蒼天《ソウテン》／満たす大気／舞い上がる覇王《愚者》／切り刻まれて真逆《マサカ》に墜ちる／前触れもなく／気まぐれな風が詩《シ》となり謡《ウタ》となり／耳元で囁かれる《ウタワレル》だろう／狂宴の

幕が上がる／乱《ラン》が起きる／嵐《ラン》が起きる／其《ソ》は劔《ツルギ》にして鉾《ホコ》／怒《イカ》りもなく／祈《イノ》りもなく／そこには唯／運命《サダメ》だけが在った——……」

風精霊《シルフ》のランクA。

「吹き荒れよ暴威の刃《ヤイバ》！『荒嵐裂波迅《タイラントストーム》』——！！！！」

一瞬、ソリスの目の前の空気が歪《ゆが》んだように見えた。

次の瞬間、前方にいた無数のスケルトンの胴体が音もなく上下真っ二つに分断され、からからと軽快な音を立てて崩れ落ちた。

ドラゴンの鱗《うろこ》さえも切り裂くという鎌鼬《カマイタチ》。

三百年間も土の中に埋まっていた脆《もろ》い骨など、紙を裂くのに等しい。

ソリス、鎌鼬を連続して発動。

右手に迫るスケルトンが、左から迫るスケルトンが、後ろから迫るスケルトンが、次々に只《ただ》の骨クズへと変わり果てる。

「……っ！」

ずっと後ろで様子を見ていたゲルニカの灰色の髪が一房、切断されて風に舞う。

この場を埋め尽くすほどいたスケルトンの群れは、炎の竜巻と風の刃によって、その数を一気に三分の一にまで減らしていた。

「……さすがですソリス・アレクサンドロ。ですが負けません」

再びゲルニカが呪文《じゅもん》を高速詠唱。

風に乗って聞こえてくるのは先ほどと同じ呪文。

再び、信じられないほどの数のスケルトンが出現。

「……まだ終わりません」

なんとゲルニカ、繰り返し同じ呪文を唱え始めた。

スケルトンの数、さらに倍！

一体どれだけの魔力があればこんな真似《まね》が出来るのか。

このままではいかに強力な攻撃魔法を連発したところで、圧倒的な物量の前に押し負けてしまうかもしれない。

（……どちらかの魔力が尽きるまで撃ち合う不毛な消耗戦なんて御免だ）

思考。

「だから……術者を倒そう」

ソリス、マシロの手を力強く握る。

マシロ、ソリスの顔を見つめながらゆっくり力強く頷《うなず》いた。

そして二人は手を繋《つな》いだままゲルニカに向かって駆け出す。

「……！　私を守ってください！」

命令によりスケルトン達《たち》がソリス達の前に立ちふさがる。

けれどソリスはまったく怖いとは思わなかった。

(だってこっちには……最高のスケルトンがついてるんだからな！)

ソリス、呪文《じゅもん》を高速詠唱。連続発動。

「**巻き上げろ！**」

風精霊《シルフ》のランクD『旋風《ストリーム》』——人間には通じないような小さな竜巻が骨を軽やかに巻き上げ、バラバラにする。

「**切り裂け！**」

風精霊のランクD『風　刃《ウインドエッジ》』——杖《つえ》の先端に濃縮された風精霊の刃《やいば》が出現。勢いに任せて適当に薙《な》ぐと、たまたま後ろから襲ってきたスケルトンにヒット。頭蓋骨《ずがいこつ》が砕かれ、破片が空中に散らばる。

「**吹き飛ばせ！**」

風精霊のランクD『陣風《ストーム》』——周囲三百六十度に強い風。取り囲むスケルトンの群れがバランスを崩し、人間ならばちょっと転びそうになるだけで終わりだが、転んだスケルトン達《たち》は地面に叩《たた》きつけられると同時にぱきぽきと軽快な音を立てて骨折。地面に白い破片をまき散らす。

「**打ち砕け！**」

風精霊のランクC『乱風衝拳《ウインドフィスト》』——無数の空気の塊がスケルトンの群れの中で好き勝手

に暴れ回り、脆《もろ》い骨を爽快《そうかい》に砕く。音を立てて飛び散る破片、破片、破片。

ソリスの術により次々に屠《ほふ》られ白い破片と化していくスケルトンの大軍。

骨の破片が地面を白く染める。

骨の破片がきらきらと大気中を舞う。

……まるで粉雪のよう。

降り積もる雪のなか、ソリスとマシロは手を繋《つな》いで駆ける。

また一体、また一体とスケルトンが砕かれ、雪になる。

まるであのときの再現。

故郷レンデアの雪景色。

ソリスとマシロが結婚の約束を賭《か》けて戦った、あの冬の日の雪合戦。

五年ぶりに見る雪景色。

あのときと違うのは、二人は敵同士ではなく、手を繋いでいるということ。

懐かしさのあまり泣きそうになったソリス、ふと隣を駆けるマシロを見た。

そして——絶句。

そこには……マシロの顔があった。

スケルトンではない、女の子の顔があった。

黒いリボン。

黒い瞳《ひとみ》に黒い髪。

真っ白な肌。

しかしあの日のままのマシロではなかった。

あの頃《ころ》よりもずっと大人びた……一週間前にソリスが夢で見た通りの、とてつもなく綺《き》麗《れい》になったマシロ・アナスタシアの姿がそこにあった。

思わず戦いも忘れて見惚《みほ》れてしまう。

マシロ、スケルトンだったときから何度もそうしていたように、微《かす》かに首を傾《かし》げる。

柔らかな、極光《オーロラ》のような優しい微笑《ほほえ》み。

鼓動が高鳴る。

それは、マシロと初めて出逢《であ》ったときと同じ感覚。

泣いていたソリスに声をかけてきた、年上のお姉さん。

警戒するソリスに彼女は優しく微笑みかけてくれた。

思えばあのとき既に、ソリスは彼女に心奪われてしまっていたのだろう。

……不意に後ろから強い力で肩を掴《つか》まれる。

動きを止めたソリスに、一体のスケルトンが接近してきたのだ。

スケルトンに肩を掴まれているというのに、恐怖なんてこれっぽっちも感じない。

「邪魔するな。空気読めよ」

淡々と言って、振り向きもせず後ろに風の弾丸を放つ。

パキパキと軽妙な音を立ててスケルトンが砕け散り、白い粉をまき散らす。

もはやスケルトンの大軍など、この舞台を彩るための小道具に過ぎなかった。

三つの竜巻を同時発動。

砕かれた骨が空に舞い《ぱきぱきぱきぱきぱきぱきぱきぱき》、雪に擬態する《ぱらぱらぱらぱらぱらぱらぱら》。

骨で作られた粉雪。

雪景色の最悪な模造品《イミテーション》。思い出の最低な再現《パロディ》。

だが、それでもこれはとてつもなく綺麗な光景だった。

ここは少年と少女の舞踏会場。

幼なじみ二人の、愉《たの》しい愉しい遊技場。

足下に散らばる骨の欠片が、足を踏み出すたびパーカッションのように軽快な音を立てて砕け、リズミカルに破壊のダンスを演出する。

……いつの間にか、二人の周囲から骸骨《がいこつ》の群れはいなくなっていた。

最短ルートで術者を狙《ねら》うつもりが、ついつい全滅させてしまったようだ。

「……そんな」

死霊術士《ネクロマンサー》ゲルニカが、無表情で荒い息を吐きながらこちらを見ている。

彼女がどれだけの数のスケルトンを作り出したのか、周囲に散らばる凄《すさ》まじい量の白い破片が物語っていた。

「勝負あったな」

ソリスが言うと、

「……こんなもので勝ったと思わないでください。かくなる上は、私の残る全魔力と引き替えにして禁断の呪殺《じゅさつ》魔法を——」

ぽか。

「ばーか。そんなことやったらお前、死んじまうだろうが」

ゲルニカの頭を、彼女の後ろから叩《たた》いた一人の男。

いつの間にか復活していたロジャー。

「……痛いです。殺しますよ」

涙目になって幼女は抗議。

「……ニカ。俺《おれ》たちの負けだ。ここは潔く諦《あきら》めるとしようぜ。ホーリーの旦那《だんな》にゃあ適当に誤魔化しとけばいいって」

諦《あきら》めの早いロジャーに、ゲルニカは不満そうに頬《ほお》を膨らませる。

「……プロ失格ですね。だからあなたはいつまでもダメ男なのです」

「アホか。ニカ、プロの事件屋に一番大事なことを言ってみろ」

「引き受けた仕事を完璧《かんぺき》にこなすことです。そんなの常識です」

「違うな」

ゲルニカ、首を傾《かし》げる。

ロジャー、妙に得意げに、

「一番大事なのは……生き残ることだ！　ちなみに二番目は、失敗したとき依頼人に上手《うま》く言い訳するテクニック。仕事の完遂なんてのはその次の次の次くらいだぜ。つーわけで逃げるぜニカ！」

言うが早いか、ロジャーは踵《きびす》を返し逃げていく。

「……本当にクズですね……。あなたのようなクズは、仕方ないのでこの私がいつまでも支えてあげます。まったく最悪な気分ですね。ぷんすか」

無表情でぶちぶちと文句を言いながら、ゲルニカもロジャーのあとを追う。

あっという間に見えなくなるおかしな二人組。

……逃げられた。

でもまあ、別にいいかと思う。

（……だって、マシロが人間の姿に戻ったし）

どういうわけだか知らないが、マシロを人間に戻すという最大の目的は果たしたのだ。

それに比べたら、襲ってきた連中や依頼人の正体なんてどうでもいい。

「……マシロ」

ソリス、美しい少女と向き合う。

二人は無言で見つめ合う。

やがて自然に二つの唇が重な……ろうとしたそのとき。

…………………………………………………………………………マシロの顔から**眼球**が落ちた。

ぽろりと。

さっきまでソリスの顔を映していた黒真珠のような美しい瞳《ひとみ》が。

落ちた。

「あ……？」

大口を開けてぽかんとするソリスの目の前で、マシロの異変は続いていく。

（※注意。以下の文章にはほんの少しだけグロテスクな表現が含まれます。その手のシーンが苦手な方は、★マークまで読み飛ばしてください）

眼球を失った眼窩《がんか》からは視神経がだらりと垂れ下がり、まるでナメクジの角のよう。目の部分に空いた穴は徐々に拡大して顔面の肉がめりめりと剥《は》がれるように落ちていき、その下にあった真っ白な骨と鮮やかなピンク色をした筋肉繊維が露《あら》わになる。眼窩からごぼっと溢《あふ》れた黒い液体は脳漿《のうしょう》だろうか。それと同時に頬《ほお》や鼻の肉が凄《すさ》まじい勢いでケロイド状に溶け落ちていき、ぼとり、ぼとり、足下に赤黒いどろどろした肉の塊が落下。べちょり。地面に落ちた腐肉が破裂し四散。キスする寸前だった薄紅色の唇は濃い紫色に変色していきやがて紫は黒に変わり泥水のような色の濁った血を噴きながら唇の肉が腐り落ちる。髪の毛は黒から灰色に変色し、一本ずつぱらぱらと、やがてごっそり大量に地面へと落ちていく。頭皮……いや、腐食した頭の肉ごとごっそりと。腐食していくのはもちろん頭部だけではない。纏《まと》っていた黒い服は何十年、何百年と経《た》ったかのように風化し、ボロボロと風に乗って消えていく。服の下から出てきたのはもちろん美しい少女の真っ白な裸身などであるわけがなく、土気色に変色しところどころ黒ずんで腐り落ちていく真っ最中の、完全に壊死《えし》した皮膚。どこをどう見てもゾンビだった。ぼとり。真っ先に落ちたのは乳房の肉で、今にも崩れそうな筋肉繊維の隙間《すきま》から肋骨《ろっこつ》がちらりと覗《のぞ》く。内臓の重みに耐えかねたように腹部の肉がくちゅくちゅと厭《いや》な音をたてて地面に落ち、そこからだらりと蛇のように垂れ下がっているのは腸だった。その腸も腐り途中で切れて地面に落ち、後から後からボトボトと臓物混じりの黒い血が落ちてくる。腕も脚も腰も尻《しり》も同じような状態で皮が垂れ下がりぼとぼとぼとぼと腐敗し黒ずんだ筋肉が脂肪が神経が落ちていき全身から皮が爪《つめ》が髪が耳が鼻が毛が臓物が血液が肉が肉が肉が肉が肉が肉が肉が肉が肉が肉が、骨以外の全《すべ》てが猛烈な勢いで腐食し爛《ただ》れ落ちていく――……。

(★グロ描写ここまで)

「……あ……?」

……数秒後、マシロは完全に、もとの(?)スケルトンの姿に戻っていた。

黒いリボンとノートは変身前と変わらずにある。

地面に落ちたグロテスクな肉や髪や内臓は、黒い煙になって霧散。

マシロは「あれ、戻っちゃった」みたいな感じで首を傾《かし》げ、「ま、いっか」みたいな感じでカタカタと顎《あご》を鳴らして笑った。

「……あ……ぁ……あ……?」

ソリスは。

……人間が……しかも凄《すご》い美少女が……白骨へと変わり果てていく様子を至近距離で、

しかも驚愕《きょうがく》と恐怖で瞬き一つ出来ず、克明に見せつけられ――……。

「ぎゃあああ！！」

……とても人間のものとは思えないような凄《すさ》まじい大絶叫を上げて、そのまま気を失ってしまったのだった。

終章

目が覚めるとソリスは自室のベッドに寝かされていた。

(えーと……たしか俺《おれ》は……気を失って……)

思い出す。

……自分は、またマシロを見て気絶してしまった。

(いやでも、あの場合は仕方ない、よなあ……。目の前であんなの見せられたら、怖がりな人間じゃなくても精神的にクるって……)

あのときの光景がまざまざと脳裏に浮かびそうになって、慌てて打ち消す。

(……うう、なんか身体《からだ》が重い……さすがに派手に術を使いすぎたか)

大技小技含めてどれだけ術を連発したか、見当もつかない。

と、不意に視界の隅に、金髪の少女を捉《とら》えた。

「あ、起きましたか先パイ！」

ベッドの傍らに何故《なぜ》かメイがいた。

怪訝《けげん》な顔をするソリスにメイ、

「いやーびっくりですよびっくり！　帰り道で倒れてるソリス先パイをマシロちゃんが一

生懸命引きずって歩いてるんですもん！　昼間も寝てたのに先パイは寝過ぎです！」

「いや、別に寝ていたわけでは…………まあいいや。で、君がマシロと協力して俺をここまで運んできてくれたのか」

メイは頷《うなず》く。

「そうか。ありがとう」

「きゃーっ！　先パイにお礼言われちゃった！　先パイ、言葉だけじゃなくて何かご褒美ください！　出来れば思い出に残る形で！」

「え？　ん……ああ……だったら今度勉強教えてあげるよ。死霊術《しりょうじゅつ》は無理だから、数学か歴史か好きな方を選んでくれ」

「わーいソリス先パイとお勉強会だー……って、違う！　そんなのロマンティックの欠片もないです！　あ、でもそうでもないかも……家庭教師と生徒が結ばれてしまうなんて貴族さんの世界では日常茶飯事だと言いますし……うーん……」

アホ毛をぴこぴこさせながら唸《うな》り始めたメイに、ソリス、

「ところで、マシロはどこだ？」

メイの顔がこわばった。

「……？」

不安がよぎる。

メイ、珍しく言いづらそうな様子。

「おい……？」

「……マシロっちは……。……ソリス先パイを運んだあと力を使い果たして……」

「……まさか……！」

ソリスの顔が強張《こわば》る。

まさかマシロは……消えてしまったというのか。

「——力を使い果たして、すぐに寝ちゃいました。ほらそこに」

メイ、ソリスのベッドの下の方を指さす。

訝《いぶか》りながら上体を起こす。

……ソリスの腰のあたりに、一番上に頭蓋骨《ずがいこつ》が置かれた人間の骨が、折り畳まれるようにして乗っかっていた。

身体《からだ》が重いと思ったのはこれが原因だったらしい。

「ズルいですよマシロっち。ソリス先パイと一緒のベッドで寝るなんて、なんて羨《うらや》ましい……しかも**腰の上**！　きゃーいやらしい！」

ろくでもないことを言いながら、

「おーいマシロっち。ソリス先パイ起きたよー」

メイ、ぺちぺちとマシロの頭蓋骨を叩《たた》く。

するとマシロ、カタカタと歯を鳴らして反応した。

まるで操り人形《マリオネット》が立ち上がるときのように、カクカクした動きでマシロがベッドから起きあがった。


「まったく……心配ばっかりかけて……」

ソリス、思わず安堵《あんど》のため息。

だがマシロ、どうやらソリスの発言を聞きとがめたらしい。

ノートに乱暴な字を書く。

【心配ばっかりかけてるのはどっちですか！】

「え………」

ソリス考える。

幼い頃《ころ》からずっとマシロに色々と心配をかけていたのは……。

「………俺《おれ》でした。心配かけてすいません」

ソリス謝る。

マシロ、

【ちょっとは大人になったかと思っていましたが、しょせんはまだまだけつの青いがきで

すね。ほんと、世話が焼けるんですから】

「めんぼくないです……」

【あんまり心配ばっかりかけるから、わたし、いつまでもソリスくんから離れられないじゃないですか……】

「…………」

【……仕方ないから、ずっと一緒にいてあげます。感謝してください】

†

「俺《おれ》は絶対に、マシロを人間に戻してみせるよ」

メイが帰ったあと、ソリスはぽつりと言った。

【どうやって、ですか?】

マシロのツッコミ。

「……その方法はこれから頑張って見つける」

視線を逸《そ》らして言うと、

【ずっと夜遅くまで難しい本を読んでいたのは、そのためだったんですね】

「……知ってたのか」

【あんまり無茶はしないでくださいね。わたしのことはあとまわしでいいです。ソリスくんは自分の夢を第一に考えてください】

相変わらず健気《けなげ》なことを言ってくれる。

でも、

(自分の夢、ね……。俺はマシロとずっと一緒にいたい。それと同時に、完璧超人《かんぺきちょうじん》だの天才だのってみんなにちやほやされたい。像が建つくらいの輝かしい栄光を掴《つか》み取りたい。それら全部が、俺の夢だ)

恥ずかしいので口に出しては言わないけれど。

「分かった。無理はしないよ」

するけど。

【……ソリスくん、本心から言ってませんね？】

バレバレだった。

「……まあ、うん。ちょっとくらいは無茶する。無茶をしなければ届かない目的があるなら、何度だって無茶してやる」

強い決意を込めて言うと、マシロはしばし、じっとソリスの顔を見つめる。

「……な、なに？」

【……わたし今、ソリスくんのことをちょっとかっこいいと思ってしまいました。こんなの初めてです（笑）】

「初めてなのかよ!?」

……昔からマシロの前では色々とかっこつけまくっていた筈《はず》なのに。

全部空回りだったらしい。

ソリス、微妙にへこんだ。

【ところでソリスくん】

ソリスの気も知らず、マシロが言葉を続ける。

【……もしもどれだけ頑張っても、本当にすごくすごくすごく頑張っても、絶対にわたしを人間に戻すことは出来ないってわかったら、どうしますか？】

「……そうだな……」

ソリスは考える。

そんなことはない、絶対に何か方法がある筈だと言ってしまうのは簡単だ。

言うだけならば誰《だれ》にだって出来る。

しかし現実問題、『絶対に不可能なこと』というのは厳然としてある。

「そのときは……」
【そのときは？】
「そのとき考えよう」
ソリスの言葉にマシロ、カタカタと笑った。
その顔が、ゲルニカとの戦いのとき見たマシロの美しい笑顔と重なる。
その笑顔はさらに、美少女が白骨化していくおぞましい光景とも重なる。
思い出すだけで震えが来る。
やっぱり今でも、怖いものは死ぬほど苦手だ。
（だけど……たとえ死ぬほど苦手だろうと……）
もしも、もしも絶対にマシロを人間に戻すことが不可能だと判明したら。
（そのときは……いや、そのときじゃなくても……乗り越えてやる）
乗り越える必要があるのなら、どんな傷《トラウマ》だろうと乗り越えてみせる。
好きな人の顔を見て気絶するなんてことがないように。
いつか絶対に、乗り越えてみせよう。

そしてマシロを幸せにしてみせると、ソリスは心に誓った。

（終わり）

あとがき。

はじめまして、あるいはお久しぶりです、平坂《ひらさか》です。

突然ですが僕は、ラブコメ漫画や小説で必ずと言っていいほど登場する、女の子のお風《ふ》呂《ろ》シーンや着替えシーンといった「ちょっぴりエッチなシーン」が大好きです。

いや、いきなりそんな告白をされても困ると思うのですが、まあ聞いてください。

エッチなのが好きなのは生物として自然なことであり、男の子がスケベでなくなったら国は滅びます。全然恥じることではありません。みなさんだってえっちなことに興味津々でしょう？　オラ正直に言ってみろよ！　…………失礼しました。

……えー、というわけで僕は今回、ラブコメ小説を書くにあたり、読者様のえっちマインドを存分に満足させるにはどうしたらいいかということをじっくり考えてみたのです。これほど真剣にエッチなことを考えたのは生まれて初めてで、なんか脳から桃色の汁が出てきそうでした。今も出ています。桃色の脳内お花畑で戯《たわむ》れているうちに、自分は一体何のために生まれてきたのだろうと悩んだりもしました。今も悩んでいます。

それはさておき、えっちなシーンの話です。

まず各章の冒頭には必ずシャワーシーンを入れて、女の子は出てくるたびにパンチラさせて、主人公が教室や自分の部屋に移動するたびに女の子の着替えシーンに遭遇して、バトルでは無駄に服を破かせてetc……。

……しかしまだ足りない。その程度では生ぬるい！　こんなものでは健全な青少年たちの宇宙のごとき膨大なえっちマインドを満たすことなど到底出来ぬわ！（脳内師匠の声）ならば俺《おれ》は一体どうすればいいのだ、羅武虚滅道《ラブコメ》とは死ぬことと見つけたり！的な勢いで夜中に頭をガンガン壁に打ち付けながら、三日三晩必死で考えました。意識が朦朧《もうろう》としてきて、ピンク色のお花畑でお婆《ばあ》ちゃんが手を振っているのが見えました。全裸で。

……あ、やばい、俺死ぬわ。そう思ったまさにそのとき、突如として、素晴らしいアイデアが浮かんだのです。天啓《てんけい》というやつでしょうか。

「そうだ！　いっそヒロインを本編中ずーっとハダカにしてしまったらどうだろう！」

……いい考えです。まさに全編サービスシーンというコペルニクス的転回。世界中の男の子達《たち》が大喜びするに違いありません。もしかして僕は天才ではないでしょうか。自分の才能が恐ろしいです。

核となる部分が決まれば、あとは簡単です。

全裸という設定が映えるように、肌は美しい、透《す》き通るような白さで。

全裸でアッパーな性格だと単なる露出狂のアホな子になってしまうので、出来るだけ物静か——無口な性格に。

素っ裸！　色白！　無口！

……こうして出来上がったのが本作のヒロイン、マシロちゃんです。

どうですか。

あとがきから先に読んでいる人は今すぐに本編を読んでみてください（立ち読みしている人はその前にレジへGOです）。僕の言葉に何一つ偽りがないことを確認して、驚愕《きょうがく》するがいいでしょう。そして思う存分にえっちマインドを満たすといいでしょう。ほら、遠慮しなくてもいいのですよ？

……以下、謝辞です。

このようなデンジャラスな作品に素敵なイラストを付けてくださったたじろう先生。

今作からお世話になる担当編集のKさんをはじめ、MF文庫J編集部の皆様。

その他《ほか》、この作品に関《かか》わった全《すべ》ての方々に感謝を。

この作品が少しでも多くの読者さんに喜んでいただけることを心より願っています。

２００７年５月下旬　平坂読《ひらさかよみ》

あとがき
心なしかヒカリだけ可愛く描けなかった気ががが。
メイド服を着せてみるとかいう展開どうでしょうか。
じろう

MF文庫J

ファンレター、作品のご感想をお待ちしています

あて先

〒150-0002
東京都渋谷区渋谷3-3-5
NBF渋谷イースト
メディアファクトリー　MF文庫J編集部気付

「平坂読先生」係
「じろう先生」係

http://www.mediafactory.co.jp/

ねくろま。

発行　2007年6月30日　初版第一刷発行
2008年6月13日　第五刷発行

著者　平坂読

発行人　三坂泰二

発行所　株式会社
メディアファクトリー
〒104-0061
東京都中央区銀座8-4-17
電話　0570-002-001
（カスタマーサポートセンター）

印刷・製本　株式会社廣済堂

Printed in Japan
ISBN 978-4-8401-1873-6 C0193

MF文庫J

第5回　MF文庫J
ライトノベル新人賞　募集要項

MF文庫Jにふさわしい、オリジナリティ溢れるフレッシュなエンターテインメント作品を募集いたします。 他社でデビュー経験がなければ誰でも応募OK！ 希望者全員に評価シートを返送します。

賞の概要

年4回の〆切を設け、それぞれの〆切ごとに佳作を選出します。選出された佳作の中から、通期で一位に選ばれたものを『最優秀賞』、二位に選ばれたものを『優秀賞』とします。

[最優秀賞] 正賞の楯と副賞100万円
[優秀賞] 正賞の楯と副賞50万円
[佳　作] 正賞の楯と副賞10万円

応募資格

不問。ただし、他社でデビュー経験のない新人に限る。

応募規定

◆未発表のオリジナル作品に限ります。
◆日本語の縦書きで、1ページ40文字×34行の書式で100～120枚。
◆原稿は必ずワープロまたはパソコンでＡ4横使用の紙（感熱紙は不可）に出力(両面印刷は不可)し、ページ番号を振って右上をWクリップなどで綴じること。手書き、データ（フロッピーなど）での応募は不可。
◆原稿には2枚の別紙を添付し、別紙1枚目にはタイトル、ペンネーム、本名、年齢、住所、電話番号、メールアドレス、略歴、他賞への応募歴(結果にかかわらず明記)を、別紙2枚目には1000文字程度の梗概を明記。
◆メールアドレスが記載されている方には各予備審査〆切後、応募作受付通知をお送りいたします。途中経過についても、随時メールにてお知らせします。
＊受信者側（投稿者側）のメール設定などの理由により、届かない場合がありますので、受付通知をご希望の場合はご注意ください。
◆評価シートの送付（第5回より、80円切手の貼付が不用になりました）を希望する場合は、送付用として長3形封筒に、宛先（自分の住所氏名）を必ず明記し、同封してください。
＊長3形以外の封筒や、住所氏名の記入がなかった場合、送付いたしません。
＊なお、応募規定を守っていない作品は審査対象から外れますのでご注意ください。
＊入賞作品については、株式会社メディアファクトリーが出版権を持ちます。以後の作品の二次使用については、株式会社メディアファクトリーとの出版契約書に従っていただきます。

選考審査

ライトノベル新人賞選考委員会にて審査。

2008年度選考スケジュール（当日消印有効）

第一次予備審査2008年　6月30日までの応募分＞選考発表／2008年10月25日
第二次予備審査2008年　9月30日までの応募分＞選考発表／2009年　1月25日
第三次予備審査2008年12月31日までの応募分＞選考発表／2009年　4月25日
第四次予備審査2009年　3月31日までの応募分＞選考発表／2009年　7月25日
第5回MF文庫Jライトノベル新人賞 最優秀賞　選考発表／2009年　8月25日

発表

選考結果は、ＭＦ文庫Ｊ挟み込みのチラシおよびＨＰ上にて発表。

送り先

〒150-0002　東京都渋谷区渋谷3-3-5 NBF渋谷イースト
株式会社メディアファクトリー　ＭＦ文庫Ｊ編集部　ライトノベル新人賞係　宛
＊応募作の返却はいたしません。審査についてのお問い合わせにはお答えできません。